위기의 여자

위기의 여자

시몬 드 보부아르 지음 | 손장순 옮김

문예출판사

LA FEMME ROMPUE

Simone de Beauvoir

9월 13일 월요일 레 살린에서

놀라운 배경이다…… 그건 어느 마을 변두리에 몇 세기를 두고 버려져 있는 도시의 데생이다.

나는 아치형 회랑을 따라 중간까지 걸어가 중앙 건물의 계단을 올라갔다. 실용적인 목적을 위해서 세워진 것이었지만 실제로는 아무 쓸모도 없었던 건물들의 소박하면서도 위엄에 찬 모습을 한동안 음미하면서 지켜 보았다. 단단한 현실의 건물들이건만 오랫동안 버려져 있었던 탓으로 마치 환상처럼 비현실적인 모습으로 바뀐 것이다.

왜 그렇게 되었을까? 자문해 본다. 가을 하늘 아래 따스한 풀잎과 낙엽의 내음이 내가 현실 세계에 있음을 증명해 준다. 그러나 나는 이백 년 전 과거로 되돌아갔다.

나는 차 안에 있는 소지품을 가지러 갔다. 땅바닥에 담요와 쿠션과 트랜지스터 라디오를 꺼내 놓고 모차르트 곡을 들으며 담배를 피웠다.

마주 보이는 건물의 먼지 쌓인 창문 뒤에는 사람이 있는 것 같았다. 아마 사무실인 듯싶었다. 트럭 한 대가 육중한 문 앞에 와서 멈추자 남자

몇이 그 문을 열고서 트럭 뒤에 짐을 실었다. 그밖에는 이 오후의 정적을 깨뜨리는 게 하나도 없었다. 찾아오는 사람도 없다.

음악이 끝나자 책을 읽는다. 독서는 나를 다시 먼 곳으로 데려간다. 머나먼 낯선 강변으로.

눈을 들자 나는 내 생활에서 멀리 떨어진 이 돌들 틈에 있는 나 자신을 발견했다. 가장 놀라운 일은 내가 이곳에 와 있다는 사실과 쾌활해진 나의 이 기분이다.

실은 차를 몰고 혼자 파리로 돌아가는 일이 쓸쓸할까봐 두려웠다.

지금까지 남편 모리스가 없을 때면 언제나 딸들이 함께 여행을 해주었기 때문에 나는 넋 빠질 정도로 좋아하는 콜레트와 말 많고 까다로운 뤼시엔이 그리워질 줄 알았다.

그런데 잊혀졌던 환희 같은 것이 내게 되살아난 것이다. 이 자유는 나를 20년이나 더 젊게 한다. 책을 덮자 나 자신을 위해 이런 글을 쓰기 시작했을 정도니까. 마치 스무 살 때처럼.

모리스의 곁을 떠날 때마다 나는 가벼운 마음으로 헤어진 적이 없다.

학회는 불과 1주일 동안이었지만 그래도 무쟁에서 니스의 비행장까지 차로 달리는 동안 나는 줄곧 목이 메는 기분이었다. 남편 역시 평정을 잃었다.

스피커에서 로마로 가는 여객들을 호명하기 시작하자 그는 나를 힘껏 껴안아 주었다.

──자동차 사고로 죽으면 안 돼.

──비행기 사고로 죽으면 안 돼요.

떠나기 전에 남편은 또 한 번 내가 있는 쪽으로 시선을 보낸다. 그의 시선에 어려 있는 불안이 나에게 전염되어 온다.

비행기의 이륙은 극적인 느낌마저 준다. 네 개의 모터로 움직이는 비행기의 조용한 이륙, 그것은 긴 이별이다. 제트기는 작별의 잔인함을 지닌 채 대지를 힘차게 떼어 놓고 날아간다.

그런데 얼마 안 가서 내 기분은 들뜨기 시작한 것이다. 아니, 딸들의 부재가 나를 슬프게 하기는커녕 오히려 그 반대이다.

기분 내키는 대로 차를 빨리, 또는 천천히 몰 수 있다. 가고 싶은 장소로 갈 수 있고, 서고 싶은 장소에서 멈출 수가 있다. 나는 남편이 없는 1주일 동안 기분 내키는 대로 이곳저곳을 드라이브하기로 마음 먹었다.

아침이면 햇살과 함께 기상한다. 차는 마치 충실한 동물처럼 길이나 뜰 안에서 나를 기다린다. 나는 아침 이슬에 흠뻑 젖은 차를 닦고 햇살이 눈부신 하루 속으로 상쾌한 기분으로 뛰어든다.

내 옆에는 흰 가방과 미슐랭 지도, 여행 안내서, 책, 카디건 스웨터, 그리고 담배가 있다. 그것들은 나의 조용한 동반자이다.

내가 여인숙의 안주인에게 닭과 가재 요리법을 물어도 누구 하나 곁에서 못마땅해 하는 사람도 없다.

날이 저물려고 하지만 아직은 따스하다. 감동적인 한 순간이다. 대지는 인간과 너무도 잘 어울려 마치 모든 사람이 행복하지 않다는 것은 있을 수 없는 일처럼 느껴진다.

9월 14일 화요일

모리스를 매료시킨 나의 장점 중의 하나는 그가 말하는 이른바 '인생에 대한 나의 주의력'의 강도이다.

그것이 지금 혼자서 나 자신을 마주 대하게 된 이 짧은 기간에 다시 내 안에서 되살아난 것이다.

딸 콜레트는 결혼을 했고 뤼시엔도 미국으로 떠나 버렸으니, 나도 내 인생을 개발할 충분한 여가를 누리게 되는 셈이다.

모리스는 무쟁에서 내게 이렇게 말한 적이 있다.

"당신도 권태로울 테니 뭐든 일거리를 하나 만들어야 할 거야."

그는 그 점을 강조했지만 지금 당장은 어떤 일자리도 갖고 싶지 않다. 이제는 어느 정도 나 자신을 위해서 살고 싶고 또 이 기회에 오랫동안 누리지 못했던 단둘만의 사생활을 모리스와 함께 맛보고 싶기 때문이다. 머릿속에서 나는 수많은 계획을 꾸며 보았다.

9월 17일 금요일

화요일에 콜레트에게 전화를 걸었다. 콜레트는 독감을 앓고 있었다. 내가 곧 파리로 돌아가겠다고 말하자 콜레트는 장 피에르가 잘 해주고 있으니 그럴 필요는 없다고 대답했다. 그러나 걱정이 되어 나는 그날로 돌아왔다. 콜레트는 자리에 누워 있었고 몹시 야윈 모습이었다. 매일 밤 열이 올랐다.

지난 8월에 콜레트와 함께 산에 갔을 때도 나는 그 애의 건강이 걱정스러웠다. 모리스가 진찰을 해본 다음 탈보 씨와 상의를 해줬으면 좋겠는데……

그런데 내게는 돌봐 주어야 할 사람이 또 한 사람 생긴 것이다. 수요일 밤, 저녁 식사를 끝내고 콜레트의 집에서 나오자 날씨가 하도 따뜻해서 나는 카르티에 라탱까지 차를 몰고 갔다.

나는 어느 카페의 테라스에 앉아 담배를 피웠다.

옆의 테이블에서 한 소녀가 나의 체스터필드 담뱃갑을 탐내는 눈으로 바라보더니 내게 담배 한 대만 달라는 것이었다.

나는 그녀에게 말을 걸었다. 그러나 그녀는 내 질문을 피하듯 자리를 뜨고 나가려 했다. 열댓 살쯤 되었을까? 고교생도 아니고 매춘부도 아니었다. 나는 그녀에게 호기심이 생겼다. 내 차로 집에까지 바래다 주겠다고 말했더니 그녀는 거절했다. 그리고는 잠시 망설이더니 사실은 잘 곳이 없다고 실토하는 것이었다. 그녀는 빈민구제회에서 보내 준 재교육 지도 센터에서 그날 아침 도망쳐 나왔다는 것이다. 나는 그녀를 이틀 동안 집에서 재우기로 했다.

그녀의 어머니는 머리가 좀 모자라는 데다 계부도 그녀를 미워하는 처지여서 결국 양친이 모두 그녀에 대한 친권을 포기한 것이다.

그녀의 케이스를 담당하고 있는 판사는 그녀가 일을 배워 직업을 얻을 수 있게 직업훈련소로 보내 주겠다고 약속했다. 그때까지는 우선 임시로 재교육 지도 센터에 있기로 했는데 벌써 6개월이나 되었다는 것이다.

원한다면 일요일에 미사를 보러 나갈 수 있지만 그밖의 외출은 일체

금지되어 있을 뿐만 아니라 아무 할 일도 없는 숨막히는 곳이었다.

그곳에는 그런 소녀들이 40명이나 수용되어 있었다. 그들은 물질적으로는 나쁘지 않은 대우를 받고 있었지만 권태와 혐오와 절망으로 침체되어 가고 있었다.

밤마다 수면제가 각자에게 배급된다. 그들은 그것을 몰래 모아 두었다가 어느 날 그 수면제를 한꺼번에 삼켜 버리는 것이다.

"도망, 자살 미수── 판사에게 우리의 존재를 상기시키려면 그런 짓이 필요하지요" 하고 마르그리트는 내게 말했다.

도망은 쉽기 때문에 도망 사건이 빈번하며 도망을 했다가도 얼마 뒤에 돌아오기만 하면 벌은 받지 않는다는 것이었다.

나는 마르그리트에게 어떻게 해서든지 직업훈련소로 갈 수 있도록 허가를 받아 주겠다고 굳게 약속하고 그녀로 하여금 우선 센터로 되돌아가도록 설득시켰다. 기가 죽은 채 발을 질질 끌며 센터의 문턱을 넘어서는 마르그리트를 보는 순간 나는 분노로 온몸이 달아올랐다.

마르그리트는 건강하고 바보도 아닐 뿐더러 아주 귀여운 소녀이다. 오직 일을 하겠다는 것이 그녀의 소망이다. 그런데 세상은 그녀의 청춘을 말살시키고 있다. 그녀와 수많은 젊은이들의 청춘을.

내일 바롱 판사에게 전화를 걸자. 파리는 얼마나 냉혹한가! 가을의 이 포근한 나날에도 …… 그 냉혹함이 나를 짓누른다. 오늘밤 나는 공연히 기분이 침울하다.

나는 딸들의 방을 모리스의 진찰실이나 환자의 대기실보다도 더 아늑한 거실로 꾸며 볼 계획을 세웠다. 그리고 뤼시엔이 이제는 이 집에서 살지 않게 될 것 같은 생각이 절실하게 느껴졌다. 집은 평온하겠지만 텅 빌

것이다. 더구나 콜레트 때문에 나는 마음이 아프다.

그러나 다행히도 모리스가 내일 돌아온다.

9월 22일 수요일

내가 굳이 직업에 얽매이고 싶지 않은 이유 중의 하나는 —— 실은 중요한 이유이기도 하지만 —— 직업을 갖게 되면 나를 필요로 하는 사람들을 위해 전적으로 헌신할 수 없게 되기 때문이다.

이 며칠 동안 나는 거의 온종일을 콜레트의 머리맡에서 보냈다. 그녀의 신열이 내리지 않는다.

"걱정할 정도는 아니다." 모리스의 말이다.

그러나 탈보 씨는 몇 가지 검사가 필요하다는 것이었다. 내 머릿속에서는 무서운 생각들이 스쳐갔다.

오늘 아침에는 바롱 판사가 나를 만나 주었다. 매우 친절하다. 그는 마르그리트 드랭의 케이스를 유감스러운 일로 생각하고 있었다. 그러나 그와 유사한 케이스는 수천을 헤아린다. 비극은 그와 같은 소녀들을 보호해 줄 곳이 하나도 없는 데다 그녀들을 제대로 보살펴 줄 만한 능력 있는 직원이 단 한 사람도 없다는 데 있다. 이런 문제에 대해 정부는 아무 것도 하지 않고 있다. 그러니 어린이 보호관들이나 사회복지사업 단체들의 노력은 벽에 부딪혀 부서질 수밖에.

마르그리트가 현재 수용되어 있는 센터도 그들이 잠시 거쳐 나가는 통과 장소에 지나지 않아 소녀들을 원래는 3, 4일만 있게 했다가 다른 곳으로 보내도록 되어 있는 곳이다.

그러나 어디로? 보낼 곳이 없는 것이다.

그래서 그들은 아무 할 일도 없고 기분을 달래 줄 만한 조치가 전혀 마련되지 않은 그곳에 마냥 머물러 있게 된 것이다.

그래도 판사는 마르그리트를 위해 어디고 일자리를 찾아 주겠다고 말했다. 그리고 센터의 직원들에게 내가 마르그리트를 면회할 수 있도록 조처해주기도 했다.

마르그리트의 부모는 그들의 친권을 결정적으로 포기한다는 서류에는 서명을 하지 않고 있지만, 그들이 딸을 다시 데려간다고 해도 문제가 해결되는 것은 아니라는 것이다. 그들은 딸을 데려가기를 원치도 않았을 뿐더러 마르그리트에게도 부모에게 돌아간다는 것은 최악의 해결책이 될 뿐이다.

나는 복지기관의 태만에 분노를 느끼며 재판소를 나왔다.

비행 청소년들의 수는 날로 증가하고 있다. 그러나 사회는 엄격한 조치만을 배가시킬 뿐 그밖의 다른 대책은 강구하지 않고 있다.

생트 샤펠 성당 입구에 다다르자 나는 안으로 들어가 나선형 계단을 올라갔다. 성당 안에서는 외국 관광객들과 한 쌍의 남녀가 손을 잡고 교회의 스테인드 글라스를 바라보고 있었다. 그러나 나는 제대로 쳐다보지도 못했다. 또다시 콜레트의 생각으로 마음이 불안해졌기 때문이다. 불안은 지금도 가라앉지 않고 있다. 책을 읽을 수가 없다. 내 마음을 진정시킬 수 있는 유일한 길은 모리스와 이야기를 하는 것이다. 그러나 그는 자정 전에는 돌아오지 않을 것이다.

남편은 로마에서 돌아온 이후 연구소에서 탈보 씨와 쿠튀리에 씨와 함께 매일 밤 늦게까지 연구를 하고 있다. 그의 말은 그들의 목적이 눈앞에 다가왔다는 것이다.

남편이 연구를 위해 모든 것을 희생하고 있다는 것은 나도 이해할 수 있다. 그러나 나의 심각한 걱정을 남편과 함께 나누지 못하는 것은 내 평생 이번이 처음이다.

9월 25일 토요일

창은 캄캄했다. 예상했던 대로다. 이전에는 —— 언제까지였더라? —— 때때로 내가 모리스 없이 혼자 외출했다 돌아오면 붉은 커튼 사이로 늘 한 줄기 불빛이 새어나오곤 했었는데.

나는 단번에 두 계단을 뛰어올라 갔다. 열쇠 찾기가 급한 나머지 초인종부터 눌렀다. 그러고는 뛰지 않고 한 계단씩 올라가 열쇠 구멍에 열쇠를 꽂았다. 아, 어쩌면 이렇게 아파트가 텅 비어 있을 수 있단 말인가! 아, 아파트는 너무나 공허하다. 물론 안에 아무도 없었기 때문이긴 하지만.

아니, 반드시 그렇지도 않다. 집에 돌아오면 설사 모리스가 안에 없다 하더라도 그의 존재가 느껴지는 것이 보통이었다.

그런데 오늘밤은 문을 열 때마다 인기척이 없는 방만이 존재할 뿐이다. 11시다. 내일이면 정밀 검사 결과가 나온다. 나는 두렵다. 정말 두렵다. 그런데도 모리스는 집에 없다. 나는 안다. 남편의 연구가 완결되어야만 한다는 것을.

그렇긴 하지만 나는 남편에 대해서 화가 났다.

—— 나는 당신이 필요한데도 당신은 안 계시잖아요!

이 말을 종이 쪽지에다 써서 잠자리에 들기 전에 눈에 띄기 쉬운 현관에 놓아 둘까. 아니면 그대로 잠자코 있을까.

어제처럼, 그리고 또 엊그제처럼.

전에는 내가 그를 필요로 할 때마다 그는 늘 내 곁에 있어 주었건만.

…… 나는 화초에 물을 주었다. 그리고 서재를 정리하기 시작하다가 문득 손을 멈추었다. 내가 이 거실을 새로 꾸미겠다는 이야기를 했을 때 남편의 무관심한 태도에 나는 놀랐다.

나는 내 자신에게 진실을 고백하지 않으면 안 된다. 나는 항상 진실을 추구했다. 내가 진실을 얻었다면 그것은 내가 진실을 원했기 때문이다.

그런데 확실히 모리스는 변해 버렸다! 그는 완전히 일에 빠져 버린 것이다. 이제는 책도 읽지 않고 음악도 듣지 않는다. (몬테베르디나 찰리 파커를 들을 때의 우리의 침묵과 음악에 열중한 그의 얼굴을 나는 얼마나 좋아했던가.) 우리는 이제 파리 시내나 교외를 산책하는 일도 없다. 대화다운 대화도 거의 하지 않게 되었다.

그는 경력이나 쌓고 돈이나 버는 기계 같은 그의 동료들을 점점 닮아 가고 있다.

그러나 그런 내 생각은 옳지 못하다. 그는 돈이나 사회적 성공 같은 것은 도외시하고 있으니까. 그러나 내 반대를 무릅쓰고 전문적인 연구를 시작한 10년 전부터 그는 서서히 —— 내가 걱정하던 대로 —— 정서가 메마르기 시작한 것이다.

올 여름엔 무쟁으로 휴가를 가서도 남편이 소원한 존재로 느껴졌었다.

그는 빨리 병원과 연구소로 돌아가고 싶어했고 마음이 다른 곳에 가 있는 사람처럼 공연히 우울해 하는 표정으로 지냈다.

자, 밑바닥까지 나 스스로에게 진실을 털어놓는 편이 좋을 것이다.

니스 공항에서 가슴이 메어 왔던 것도 실은 우리가 보낸 우울한 휴가 탓이었다.

그리고 니스에서 파리로 돌아오던 도중 황폐한 레 살린에서 그처럼 강렬한 행복감에 젖었던 것도 수백 킬로미터나 떨어져 있는 모리스를 다시 내 곁에 가까이 느꼈기 때문이다. (일기란 참으로 묘한 것이다. 일기에 쓰지 않는 부분이 쓴 것보다 더 중요하니 말이다.)

남편은 이미 우리 사생활에는 관심이 없는 듯 보인다. 지난 봄에도 그는 우리의 알자스 여행을 얼마나 간단하게 포기했던가! 그래도 내가 실망하는 것을 보자 그는 마음 아파했다. 그래서 나는 그에게 명랑한 얼굴로 말했었지.

"백혈병 치료를 위해서라면야 내가 희생을 감수해야죠."

그러나 전에는 모리스에게 있어서 의학이란 살아 있는 인간의 고통을 덜어 주기 위한 것이었다. (내가 코생 병원에서 실습을 하고 있을 때 나는 당시 부장 선생들의 냉랭한 친절이며 의학도들의 무관심에 실망하고 당황했던 일이 있다. 그런데도 그때 나는 병원의 통근 조수였던 한 청년의 우수 어린 아름다운 눈에서 나와 비슷한 비애와 분노를 보았던 것이다. 그 순간부터 나는 모리스를 사랑하게 된 것 같다.)

이제는 그의 환자들이 그에게 한낱 연구 케이스밖에 되지는 않나 하고 나는 겁이 난다. 환자의 치료보다는 전문적인 지식에 더 관심을 가지고 있는지 두렵다. 게다가 남편은 주위 사람들에 대해서도 서먹해져 가고 있다. 전에는 그처럼 생기있고 쾌활하며 마흔다섯 살인데도 불구하고 내가 그를 처음 만났을 때와 같은 젊음을 지녔던 사람이었는 데……

그렇다, 분명 무엇인가 변화가 일어난 것이다. 그러니까 나는 지금 그가 모르게 그에 대해서, 또 나에 대해서 글을 쓰고 있는 것이다. 만약 그가 나 모르게 이런 짓을 했다면 나는 배반당한 것같이 느꼈을 것이다. 우리는 서로의 일에 대해 모르는 것 없이 투시하듯 완전히 파악하고 있었던 사이였기 때문이다.

아니, 우리는 지금도 그렇다.

나의 분노가 우리 사이를 소원하게 만들었을 뿐이다. 그가 나의 이 노여움을 곧 가라앉혀 주겠지. 그는 내게 조금만 더 참으라고 말하겠지. 지나치게 일에만 몰두하는 시기가 일단 끝나면 다시 평온한 시기가 돌아올 것이다.

작년에도 남편은 자주 밤일을 했다. 그러나 그때는 뤼시엔이 집에 있었다. 그리고 무엇보다도 마음에 걱정거리가 없었다. 하지만 지금은 콜레트의 병 걱정 때문에 내가 책도 못 읽고 레코드도 들을 수 없다는 것을 남편은 잘 알고 있을 것이다.

현관에 쪽지를 써 놓을 게 아니라 남편에게 이야기를 해야겠다.

결혼 생활 20년——실은 22년——이 지난 부부는 서로 말을 하지 않고 지내 버리는 일들이 많은 법이다. 그것은 위험하다.

최근 몇 해 동안 나는 딸들을 지나치게 보살펴 주었던 것 같다. 그래서 콜레트는 너무 매어달리고, 뤼시엔은 다루기 어려운 아이가 된 것이다. 나는 모리스가 바라던 대로는 움직여 주지 않았던 모양이다.

그러면 그렇다고 내게 일깨워 주었어야 했다. 지금처럼 나와의 사이를 갈라 놓게 한 연구에만 골몰하지 말고……

서로가 얘기를 나누어 보아야만 한다. 한밤의 12시. 빨리 남편을 만나 가슴속에서 아직도 끓어오르는 이 노여움을 가라앉히고 싶다. 나는 벽시계만 지켜본다. 서계 바늘은 빨리 움직이지 않는다. 나는 신경이 곤두선다.

모리스의 얼굴이 일그러지며 떠오른다. 아무리 질병과 고통을 극복하기 위해 씨름을 한다 해도 자기 아내를 이토록 아무렇게나 다룬다면 그 연구는 무슨 의미가 있겠는가? 이게 바로 무관심이라는 것이다. 너무 냉혹하다. 화를 내도 소용이 없다.

그만두자. 만일 콜레트의 검사 결과가 좋지 않다면 나는 내일 상당한 침착성이 필요할 것이다. 그러니 잠을 자도록 노력해야겠다.

9월 26일 일요일

마침내 일어날 것이 일어나고 말았다. 내게 그것이 일어난 것이다.

9월 27일 월요일

아, 정말 그렇다. 드디어 내게 사건이 일어난 것이다. 그야 보통 있을 수도 있는 일이다. 그렇게 나는 내 자신을 타이르며 어제 종일토록 내 속을 뒤집어 놓았던 분노를 참아야만 한다. 그런데 모리스가 내게 거짓말을 해온 것이다. 그것 역시 이상할 것도 없다. 그는 내게 끝내 숨기고 거짓말을 할 수도 있었을 것이다. 오히려 그런 것을 늦게나마 내게 고백한 그의 솔직함에 고마워해야 할 입장이다.

토요일 밤 나는 간신히 잠이 들었다.

자면서도 간간이 옆 침대로 손을 뻗쳐 보았다. 시트가 그대로 반듯했다. (남편이 서재에서 일을 할 때면 나는 먼저 잠들기를 좋아했다. 그러면 꿈속에서 물 흐르는 소리가 들리고 그가 쓰는 오 드 콜로뉴의 가벼운 향내가 스친다. 가만히 손을 뻗쳐 보면 남편이 자리에 들어서 시트가 불룩해져 있다. 그제서야 나는 깊은 만족감 속에서 푹 잠이 들곤 했다.)

그때 문 닫히는 소리가 요란하게 났다. 나는 외쳤다.

"모리스!"

새벽 3시였다. 남편과 그의 동료들이 새벽 3시까지 일을 하지는 않는다. 술을 마시고 노닥거리다가 왔을 것이다. 나는 침대에서 벌떡 일어나 앉았다.

"도대체 몇 시에 들어오시는 거예요? 어딜 갔다 오셨죠?" 나는 물었다.

그는 안락의자에 앉았다. 손에는 위스키 잔을 들고 있었다.

"세 시라, 그건 나도 알아요."

"콜레트가 아파요. 그 애 일로 걱정이 되어 죽겠는데 당신은 세 시에 돌아오다니. 설마 새벽 세 시까지 일을 하지는 않았을 것 아니에요?"

"병세가 악화됐대?"

"차도가 없어요. 당신에게는 아무렇지도 않은 일인가 보지요? 하기야 그럴지도 모르죠. 인류 전체의 건강을 책임지고 있는 처지이니 자기 딸 하나쯤 아픈 거야 문제가 안 되겠군요!"

"그렇게 너무 날 미워하지 말아요."

그는 약간 침울한 표정으로 나를 바라보았다. 나는 기분이 누그러졌다. 남편이 검고 따스한 눈망울로 나를 감싸주듯 바라보기만 하면 나는 언제나 기분이 풀리게 마련이다.

나는 부드럽게 물었다.

"왜 이렇게 늦으신 거예요?"

남편은 아무 대답도 안 한다.

"술 마셨어요? 포커했어요? 당신, 동료들 하고 거리에 나갔었군요? 그래서 시간 가는 줄도 몰랐었군요?"

남편은 손에 든 잔을 손가락으로 돌리며 말을 않기로 작정이라도 한 듯한 고집스러운 태도로 계속 입을 다물고만 있었다.

나는 그를 화나게 해서 변명이라도 나오게 하려고 아무 소리나 입에서 나오는 대로 퍼부어댔다.

"어떻게 된 일이에요? 당신한테 여자라도 생겼단 말이에요?"

남편은 내게서 눈을 떼지 않고 대답했다.

"그렇소, 모니크. 좋아하는 여자가 생겼소."

(그 순간 우리들은 머리 위에서 발끝까지 온통 얼어붙었다…… 저 멀리 푸른 해협 너머로 아프리카 연안이 보였다. 남편은 그때 나를 껴안고, 우리는 이렇게 말했었지.

"당신이 날 배반하면 난 자살할 거야."

"당신이 날 배반하면 난 자살할 필요도 없을 거예요. 슬픔 때문에 저절로 죽게 될 테니까."

15년 전이었지······ 벌써 그렇게 되었던가? 15년이라는 게 도대체 무엇일까? 둘 더하기 둘은 넷. 난 당신을 사랑하고 있는데, 오직 당신만을 사랑하는데······ 진실이란 파괴할 수 없는 것. 시간도 그것만은 바꿔 놓을 수 없는 것이다······)

"그게 누군데요?"

"노엘리 게라르"

"노엘리요? 왜 그 여자를?"

남편은 어깨를 추썩거릴 뿐이다. 물론 나는 그 이유를 알고 있다. 아름답고 총명하고 유혹적인 여자.

남자의 자존심이나 만족시키는 대수롭지 않은 일종의 불장난의 대상.

그런데 그런 여자를 남편이 그렇게까지 잘 봐 줄 필요가 있었을까?

그는 나에게 미소를 띠우며 말했다.

"당신이 나한테 물어 주니 마음이 가벼워지는구려. 당신한테 거짓말 하긴 싫었으니까."

"당신, 언제부터 내게 거짓말해 왔죠?"

그는 잠시 망설이는 듯하다가 "무쟁에서부터 거짓말을 했었지. 그리고 파리에 돌아온 후에도······" 하고 말했다.

그렇다면 5주 동안이나 된다. 무쟁에서도 남편은 그 여자 생각을 하고 있었단 말인가?

"그럼 당신, 파리에 혼자 있었을 때는 그 여자하고 잤군요?"

"응."

"그 여자를 자주 만나요?"

"아니, 자주는 안 만나. 당신도 내 일이 바쁘다는 걸 알지 않아……"

나는 좀더 구체적으로 따져 물었다. 이틀 밤과 그리고 로마에서 돌아온 후의 어느 날 오후를 함께 보냈다는 것이다.

그렇지만 나로서는 상당히 자주 만났을 거라는 생각이 들었다.

"그럼, 왜 그때 즉시 말해 주지 않았죠?"

조심스럽게 나를 바라본 남편은 후회하는 듯한 목소리로 말했다.

"언젠가 당신이 내가 배반하면 슬픔 때문에 죽게 될 거라고 말했었잖아……"

"입으로야 그렇게 말하지만."

별안간 나는 울고 싶었다. 나는 그런 일로 죽지는 않을 것이다. 바로 그 점이 가장 슬펐다. 15년 전 그때, 우리는 푸른 안개 사이로 멀리 아프리카를 바라보고 있었다. 우리가 주고받은 말들은 한낱 말에 지나지 않았던 셈이다.

나는 뒤통수를 맞은 것이다. 치명적인 타격이었다. 충격이 너무 큰 나머지 정신이 나간 것 같다. 시간이 어느 정도 지나지 않고서는 무슨 일이 일어났는지조차 제대로 이해할 수가 없을 정도이다.

"그만 잡시다." 내가 입을 열었다.

화가 나서 잠도 일찍 깨었다. 남편은 젊어 보이는 이마 위로 머리카락을 헝클어뜨린 채 결백한 사람인 양 자고 있었다.

(지난 8월, 내가 없는 동안엔 그녀가 남편 곁에서 눈을 떴을 것이다. 도무지 믿어지지가 않는다. 내가 왜 콜레트를 따라 산엘 갔을까? 콜레트는 내가 가는 것을 별로 달가워하지도 않았는데 내가 우겨서

갔었지.)

5주 동안이나 남편은 나를 속여 온 것이다!

"오늘밤엔 연구에 상당한 진전이 있었소."

이렇게 말한 날 밤에도 실은 노엘리의 집에서 돌아왔던 것이다.

나는 남편의 몸을 흔들어 한바탕 큰소리로 욕을 퍼붓고 싶었다.

하지만 나는 자제했다. 나는 머리맡에 '그럼 오늘밤에'라는 쪽지 한 장을 남겨 놓고 나왔다. 내가 없어지는 편이 어떤 비난보다도 그의 마음에 상처를 줄 수 있을 것이라고 믿었기 때문이다. 사람이 없는데야 단 한 마디의 변명인들 할 수 없지 않은가.

머릿속에 남은 것은 '남편이 내게 거짓말을 했다'는 말뿐이었다. 그 말에 넋 잃은 사람처럼 나는 발길 닿는 대로 거리를 헤맸다.

갖가지 환상이 머릿속을 스쳤다. 노엘리를 바라보는 남편의 눈길과 미소…… 나는 그 환상들을 쫓아냈다.

남편이 그녀를 바라보는 눈길은 나를 바라볼 때와는 다르다. 나는 괴로워하고 싶지 않다. 나는 괴로워하지는 않는다.

오직 끓어오르는 노여움으로 숨이 막힐 뿐이다.

──그가 나를 속인 것이다!

전에 나는 "슬픔 때문에 죽게 될 거예요"라고 말했었다. 내게 그런 말을 하도록 한 것은 바로 그이였는데.

그는 우리의 약속을 맺는 데 나보다 더 열렬했었으니까. 그리고 그것은 타협도 방종도 아닌 약속이었다.

그때 생 베르트랑 드 코맹주의 좁은 길을 차로 달리면서 그는 내게 이렇게 다그쳐 물었었다.

"영원히 나만으로 만족할 수 있을까?"

그리고는 내게 대답을 재촉했다. 그는 내가 정열적으로 대답해 주지 않았다고 몹시 화를 냈었다. (하지만 창 밖에서 인동 덩굴 냄새가 스며 들어 오던 그 낡은 여관의 침실에서 가졌던 우리의 화해는 얼마나 감미 로웠던가? 그게 20년 전. 바로 엊그제 같건만……)

나는 그이만으로 만족했다. 그이를 위해서만 살아왔다. 그런데 그는 일시적 기분으로 우리의 맹세를 배반하다니!

나는 속으로 중얼거렸다. 당장 그 여자와 손을 끊으라고 요구하리 라……

나는 콜레트의 집으로 갔다. 거기서 하루 종일 콜레트의 시중을 들었 다. 그러나 가슴 속은 부글부글 끓었다. 기진맥진해서 다시 집으로 돌아 왔다.

── 손을 끊으라고 요구해야지.

그러나 사랑과 이해로 충만했던 인생을 보내고 난 지금에 와서 그 '요 구'라는 말이 도대체 무슨 의미가 있단 말인가! 내가 여태까지 무엇을 요구했다면 그 역시 남편을 위한 요구였다.

남편은 약간 불안한 모습으로 나를 안아 주었다. 콜레트의 집으로 여 러 번 전화를 걸었는데 아무도 받지를 않더라는 것이었다. (콜레트를 성 가시게 할까봐 내가 수화기를 내려놓았다.)

남편은 몹시 걱정했던 것 같았다.

"설마 내가 자살하리라고까지는 생각하지 않았겠지요?"

"별의별 상상을 다 해봤소."

그가 걱정한 사실에 마음이 누그러져 나는 아무 적의 없이 그의 말에 귀를 기울였다. 물론 그가 내게 거짓말을 한 것은 잘못이었다. 그러나 그를 이해해 주어야만 한다.

처음에 망설이느라고 말을 못한 것이 눈덩이처럼 불어난 것이리라. 점점 고백할 용기가 없어졌을 것이다. 왜냐하면 나중에 가선 거짓말한 사실까지를 고백해야 하기 때문이다.

우리처럼 성실성을 높이 평가하는 사람들에게는 장애를 극복하기가 더욱 어렵다. (나라도 일단 거짓말을 한 다음에는 그게 탄로 나지 않게 하느라 거짓말을 되풀이하게 되었을 것이라는 점을 인정한다.)

지금까지 나는 거짓말에는 결코 양보한 적이 없었다. 뤼시엔과 콜레트가 내게 처음 거짓말을 했을 때도 나는 팔다리가 모두 잘리는 것 같은 괴로움을 느꼈다.

아이들이란 모두가 어머니한테 거짓말을 할 수 있다는 사실을 받아들이기가 괴로웠던 것이다. 내게만은 그런 일이 없으려니 생각했다. 자식의 거짓말에 속는 어머니도 아니요, 남편의 거짓말에 속는 아내도 아니라고 생각했던 것이다.

얼마나 어리석은 자존심인가. 모든 여자들이 자기는 다른 여자와는 다르다고 생각한다.

그들 모두가 그런 일이 자기에게만은 일어나지 않는다고 믿는다. 그러나 그런 생각은 모두 틀린 것이다. 나는 오늘 많은 것을 생각해 보았다. (뤼시엔이 미국으로 간 것은 다행한 일이다. 여기 있었더라면 내가 그 애 앞에서 한바탕 쇼를 벌이게 되었을 것이다. 뤼시엔은 나를 조용히 있게 놓아 주질 않았을 테니까.)

나는 이자벨에게 얘기를 하러 갔다.

여느 때와 같이 이자벨은 나를 도와 주었다. 그러나 나는 그녀가 내 말을 제대로 이해해 주지 않을까봐 걱정했다. 왜냐하면 그녀와 그녀의 남편 샤를은 부부 사이의 자유를 신조로 삼고 있는 데 비해 나와 모리스는 부부간의 성실성을 신조로 삼아 왔기 때문이다.

그러나 이자벨은 자기 역시 남편에게 화도 나고 이따금 부부 사이의 위기를 느꼈던 일도 있었으며, 5년 전에는 남편이 아주 떠나 버릴 것같이 생각되었던 일도 있었다고 말했다.

이자벨은 내게 참고 견디라고 충고해 주었다. 그녀는 모리스를 상당히 높이 평가하고 있다. 모리스가 바람을 피우게 된 것은 있을 수 있는 일이며, 그가 처음에 그것을 감춘 것도 무리가 아니라는 것이었다. 그러나 틀림없이 모리스는 곧 싫증을 느끼고 말 것이라고 말했다.

그런 종류의 정사에 자극을 느끼는 것은 오직 새롭다는 사실 때문이지 시간이 지나면 자연 노엘리에게서 느낀 자극은 무디어지고, 지금 모리스의 눈에 비치고 있는 그녀의 고혹적인 매력도 퇴색하고 만다는 얘기다. 그러므로 부부간의 애정이 다치지 않게 이 사건을 무사히 넘기려면 내가 피해자처럼 행동해서도 안 되고 그렇다고 악처처럼 굴어도 안 된다는 것이었다.

"이해심이 있어야 하고 쾌활해야 돼요. 그리고 무엇보다도 남편에게 친절해야 하고." 이자벨이 충고하는 말이다.

이자벨 자신도 그렇게 해서 마침내 남편의 마음을 다시 돌아오게 했다는 것이다.

참는다는 것이 나의 특출한 미덕은 아니었지만 지금의 나로서는 참도록 노력하는 수밖에 없다.

그것도 술책으로서가 아니라 도덕적 입장에서.

나는 내가 꼭 바라던 인생을 얻었기에 나는 그 특권을 누릴 자격이 있다. 만일 내가 이 최초의 사소한 사고로 인해 넘어진다면 내가 나 자신에 대해서 생각하는 모든 것이 한낱 환상에 지나지 않게 되고 말 것이다.

나는 타협을 모르는 성격이다. 그것은 아버지에게서 물려받은 성격으로 모리스는 내게서 그 점을 높이 사고 있다. 그렇지만 나는 남을 이해하고 또 나 자신을 적응시키고 싶다.

22년간의 결혼 생활 끝에 남자가 바람을 피운다. 이자벨 말마따나 그것은 있을 법한 정상적인 일이다. 내가 그것을 용납하지 못한다면 오히려 내가 비정상적이며, 요컨대 유치하다는 이야기가 될 것이다.

이자벨과 헤어지자 나는 마르그리트를 만나러 갈 생각이 거의 없어졌다. 그러나 나는 마르그리트에게서 짤막하나마 퍽 감동적인 편지를 받았기 때문에 그녀를 실망시키고 싶지 않았다.

재교육 지도 센터의 살풍경한 면회실, 그리고 짓눌려 있는 소녀들의 슬픈 표정. 마르그리트는 내게 몇 개의 데생을 보여 주었는데 제법 괜찮았다. 마르그리트는 인테리어 디자인을 하고 싶어했다. 아니면 적어도 쇼 윈도 디스플레이 디자이너라도 되고 싶어했다. 어쨌든 일을 하고 싶다는 것이었다.

나는 그녀에게 판사가 내게 한 약속을 다시 일러 주었다. 그리고 일요일에 그녀와 함께 외출하는 허가를 받기 위해 내가 얼마나 분주하게 돌아다녔는가도 이야기해 주었다. 마르그리트는 나를 믿고 있다. 나를 몹시 좋아한다. 그러니까 참고 기다릴 것이다. 그러나 무한정 참고 기다리지는 못할 것이다.

오늘밤 나는 모리스와 외출을 한다. 이자벨과 애정 문제 상담란의 충고는 남편의 마음을 되돌리려거든 쾌활해야 하고 품위 있고 우아해야 하며 단둘이서만 외출을 해야 한다는 것이다. 내가 남편을 되찾으려 하고 있는 것은 아니다. 나는 아직 그를 잃지는 않았기 때문이다. 그러나 아직도 그에게 물어 볼 말이 많으니까 밖에서 저녁을 먹는 쪽이 이야기하기에 훨씬 부드러울 뿐이다. 그러나 절대로 고백을 재촉하는 듯한 인상을 주기는 싫다.

나는 하찮은 일에 자꾸 신경을 쓰고 있다. 그날 밤 남편은 왜 위스키 잔을 들고 있었을까? 그날 밤 나는 "모리스!" 하고 불렀었다. 그는 새벽 3시에 나의 잠을 깨운 그를 내가 추궁하리라고 예측했던 것일 게다. 보통 때 같으면 그는 문을 그렇게 요란한 소리가 나게 닫지도 않는다.

9월 28일 화요일

나는 술을 너무 마셨다. 그러나 모리스는 웃으면서 내가 매력적이라고 말했다. 우스운 일이다. 남편의 배반이 있고 나서야 비로소 지난날 우리의 청춘의 밤이 되살아나다니……

매너리즘에 빠진다는 것처럼 나쁜 일은 없다. 충격은 사람을 눈뜨게 한다.

생 제르맹 데 프레 거리는 1946년 이후로 많이 변했다. 거리의 사람들도 그때와는 다르다.

"그래 시대가 달라진 거야." 모리스는 약간 쓸쓸한 듯 말했다.

그러나 근 15년 동안이나 나이트 클럽에 가 보지 못했던 나로서는 모든 것이 그저 즐겁기만 했다.

우리는 춤을 추었다. 어느 순간엔가 남편은 나를 꼬옥 껴안으며 말했다.

"우리 사이에 변한 건 하나도 없어요."

우리는 생각날 때마다 중간 중간에 얘기를 나눴다. 그러나 나는 조금은 취해 있었기 때문에 그가 한 말들을 약간은 잊어버렸다. 하지만 그의 얘기는 대충 내가 상상하던 그대로였다.

노엘리로 말하면, 재기가 번득이며 야심만만한 변호사이자 이혼해서 딸이 하나 있는 독신녀이며 자유분방한 성격의 소유자로서 사교를 즐기며 세상에 꽤 이름이 알려진, 나와는 정반대의 여자라는 것이다.

모리스는 자기가 그런 종류의 여자에게서도 사랑을 받을 수 있는지 없는지 그 점이 알고 싶었다는 것이었다.

"내가 원하기만 했더라면……"

전에 나는 킬랑과 잠깐 바람을 피웠을 때 혼자 그런 생각을 해본 적이 있다. 킬랑은 내 평생에 단 한 번 있었던 불장난의 상대였는데 나는 이내 불장난을 그만두었다.

모리스의 마음 한구석에도 대부분의 남자들과 마찬가지로 자기 스스로에 대해 확고한 자신이 없는 소년 같은 기분이 숨어 있는 것이다.

노엘리는 모리스의 그런 마음에 안도감을 심어 준 것이다. 그것은 물론 육체적인 문제이기도 하다. 그녀는 선정적인 여자다.

9월 29일 수요일

내가 알고 난 후 모리스가 노엘리와 함께 밤을 지낸 것은 이번이 처음이었다.

나는 이자벨과 함께 베르히만 감독의 옛 영화를 보러 갔다. 우리는 '오슈포'에서 부르고뉴 식 퐁뒤[알프스 지방의 요리]를 먹었다.

이자벨과 함께 있으면 항상 즐겁다. 영화 한 편 한 편이, 책 한 권 한 권이, 그리고 그림 한 장 한 장이 모두 굉장히 중요하게 느껴졌던 우리의 소녀 시절의 정열을 그녀는 아직도 지니고 있다. 딸들이 모두 내 곁에서 떠난 이제는 이자벨과 좀더 자주 전람회며 음악회를 다닐 생각이다.

이자벨 역시 결혼을 하면서 대학을 중단했지만 그녀는 나보다 더 높은 지적 생활을 유지해왔다. 그녀에게는 아들 하나가 있을 뿐 나처럼 딸이 둘이나 있는 게 아니지만, 게다가 그녀에게는 나처럼 짐스러운 '가련한 몇몇 인간들'이 있는 것도 아니다. 남편이 엔지니어라서 그런 사람들을 대할 기회가 거의 없다.

나는 별로 어렵지 않게 미소 전술을 썼노라고 이자벨에게 말했다. 그것은 이번 연애 사건이 모리스에게 그리 중대한 일은 못 된다는 확신에서였다. 그저께도 모리스 자신이 "우리 사이에 변한 것은 하나도 없다"라고 말하지 않았던가.

사실 10년 전, 남편이 직업을 바꿨을 때가 나는 이보다 훨씬 더 고민스러웠다. 남편에게 새로운 야망이 샘솟아 그가 몸담고 있는 시므카 자동차 회사 —— 항상 판에 박은 듯 같은 일을 되풀이하고 월급도 적었지만 여가를 누릴 수 있는 직업이어서 그는 충실하게 일해왔는데 —— 에

29

만족할 수가 없다면 그것은 그가 가정에 권태를 느끼고 내게 대한 애정이 식은 것이 아닌가 생각되었기 때문이다.

(하지만 나중에는 전혀 그 반대라는 것이 증명되었다. 다만 이제는 남편이 하는 일에 전적으로 끼어들 수 없게 된 것이 유감일 뿐이다. 전에 병원에 근무했을 때 그는 그의 환자들이며 흥미 있는 케이스에 대한 이야기를 내게 모두 해주었다. 그러면 나도 그들에게 도움이 되어 보려고 노력했었는데. 그러나 지금은 나는 남편의 연구에서 제외되어 있으며 종합병원의 환자들에게도 필요없는 존재인 것이다.)

그때도 이자벨은 내게 유익한 충고를 해주었다.

그녀는 내게 모리스의 자유를 존중해 주어야 한다고 설득했다. 그것은 일찍이 나의 아버지가 성취했던 이상 —— 지금은 내 안에 살아남아 있는 옛 이상을 단념하는 일이었다. 그것은 무분별한 행동에 대해 못 본 척 눈을 감는 일보다 더 괴로운 일이었다.

나는 이자벨에게 행복하냐고 물었다.

"난 내가 행복한지 아닌지를 자신에게 물어 본 일은 없어. 그러니 대답은 행복한 걸로 해두지."

어쨌든 이자벨은 즐겁게 잠을 깬다. 그것은 행복에 대한 적절한 정의라고 생각된다.

나 역시 매일 아침 눈을 뜨면 미소를 짓는다.

오늘 아침도 그랬다. 어젯밤 잠자리에 들기 전에 나는 약간의 수면제를 마시고 이내 잠이 들어 버렸다. 모리스는 새벽 1시에 돌아왔다고 말했지만 나는 아무것도 묻지 않았다.

나로서 다행한 것은 내가 육체적으로는 질투를 느끼고 있지 않다는 점이다. 나의 육체는 이미 30대가 아니다. 모리스의 육체 역시 마찬가지다. 우리는 육체 관계에 즐거움을 느끼지만 —— 사실은 그것도 드문 일이다 —— 그러나 정열은 없다. 아, 나는 환상을 갖지는 않는다.

노엘리에게는 새로움의 매력이 있다. 그녀의 침대에서 모리스는 다시 젊어질 것이다. 그런 생각이 들어도 나는 아무렇지도 않다. 다만 모리스에게 무엇인가를 줄 수 있는 여자라면 나는 질투를 느낄 것이다.

그러나 노엘리로 말할 것 같으면 전에 내가 보고 들었던 인상이며 소문으로 그녀에 대한 정보는 충분히 알고 있다.

그녀는 우리가 역겨워하는 모든 것 —— 출세욕, 속물 근성, 돈 좋아하는 기호, 사람들 앞에 나서고 싶어하는 정열 —— 을 모조리 지닌 여자이다. 그녀에게는 전혀 독자적인 생각이라는 것이 없으며 감수성이 철저하게 결여되어 오직 유행만을 따르는 여자이다. 그녀의 교태는 수치심도 없이 너무나 노골적이어서 혹시 불감증이 아닌가 의심이 갈 정도이다.

9월 30일 목요일

콜레트는 오늘 아침 체온이 36도 9분으로 떨어져 자리에서 일어났다.

모리스의 말에 의하면 콜레트의 병은 요즘 파리에서 유행하는 병인데 발열이 있고 체중이 줄었다가 다시 회복된다는 것이다.

좁은 아파트 안을 왔다 갔다 하는 콜레트를 보며 나는 모리스가 끝내

아쉬워하던 마음을 조금은 알 것 같았다.

콜레트는 제 동생 못지 않게 머리가 좋다. 화학에 취미가 있었고 공부도 잘했는데 결혼 때문에 공부를 중단한 것이 못내 아쉽다. 이제부터 저 애는 매일 무엇을 할 것인가? 그래도 나는 콜레트의 뜻에는 찬성할 것이다. 그 애는 나와 똑같은 길을 선택했으니까. 하지만 내게는 모리스가 있다. 물론 그 애에게도 남편 장 피에르가 있다.

사랑하지도 않는 남자가 한 여자의 인생을 메운다는 것은 상상조차 하기 어렵다.

뤼시엔에게서 긴 편지가 왔다. 공부와 미국에 열중하고 있다는 편지이다.

오늘은 거실의 테이블을 구하러 나감. 바뇰레의 반신불수 노파를 방문함.

어째서 나는 이 일기를 계속 쓰는 것일까? 기록할 일도 없으면서.

내가 이 일기를 쓰기 시작한 것은 고독이 나를 낭패로 몰아넣었기 때문이다. 말하자면 모리스의 태도가 내 마음을 산란하게 만들었기 때문에 불안한 나머지 이 일기를 계속 써온 것이다.

하지만 모든 것이 분명하게 드러나 그 불안도 가신 지금 나는 이 일기를 이제 그만 쓸 생각이다.

10월 1일 금요일

내가 서투른 대응을 한 것은 이번이 처음이다.

아침 식사를 하면서 모리스는 내게 이런 얘기를 했다.

앞으로는 노엘리와 함께 밤 외출을 하는 날에는 그녀의 집에서 자겠다는 것이었다. 그렇게 하는 것이 그녀를 위해서나 나를 위해서 똑같이 온당한 일이라고 말한 것이다.

"어차피 당신이 나의 정사를 용납해 주었으니 이 생활을 좀 제대로 할 수 있게 해주구려."

남편이 연구소에서 밤을 보내는 회수며, 점심을 먹으러 집에 오지 않는 회수를 계산해 보면, 그가 노엘리와 함께 보내는 시간은 나와 보내는 시간과 똑같게 된다. 나는 여지없이 거절했다.

나는 남편이 시간을 계산하는 방법에 어이가 없었다. 물론 시간 수로만 따진다면야 남편은 나와 함께 있는 시간이 훨씬 많다. 그러나 그 시간 속에는 그가 일을 한다든가 잡지를 읽는다든가 함께 친구를 만나는 시간도 포함되어 있다. 그런데 남편이 노엘리와 함께 있는 시간은 오직 그 여자하고만 시간을 보내는 것이다.

결국 내가 양보하고 말았다. 이해하고 타협적인 태도를 택하기로 한 이상 그대로 감내해 나갈 수밖에 없다. 그와의 정면 충돌은 피해야 한다. 만일 남편의 이번 정사를 내가 망쳐 놓는다면 그는 그것을 멀리서 미화시키면서 두고두고 아쉬워할 것이다.

그러나 내가 그를 자기 뜻대로 살게 해준다면 그는 이내 싫증을 내고 말 것이다. 이것은 이자벨이 확언한 얘기이다.

나는 "참자"는 말을 자신에게 되풀이했다.

그렇긴 하지만 육체적인 정사란 모리스의 나이쯤 되면 중요한 것이다.

무쟁에서도 물론 남편은 노엘리를 생각하고 있었다. 니스 공항에서 그의 눈에 어려 있던 불안이 이제야 이해가 간다. 그는 내가 혹시 무슨 눈치라도 채지 않았나 하고 불안했던 것이다. 아니면 내게 거짓말을 한 것이 부끄러워서였던가? 그렇다면 그것은 불안이 아니라 수치심이었단 말인가?

그의 얼굴이 다시 떠오른다. 그러나 그 표정의 의미를 제대로 파악할 수는 없다.

10월 2일 토요일 아침

그 두 사람은 파자마 바람으로 커피를 마시고 있다. 그리고 미소짓고 있다……

그런 상상이 나를 괴롭힌다. 사람이 돌에 부딪치면 우선은 충격을 받고 고통은 그 뒤에 오는 법이다.

1주일이 지나고 난 지금에서야 나는 고통을 느끼기 시작하고 있다.

어제까지만 해도 나는 정확히 말하면 그저 놀라움에 망연자실했다. 나는 갖가지 이유를 붙여 가며 그 아픔을 물리쳐 왔다. 그런데 그 아픔이 오늘 아침에는 내 마음 바닥까지 내려 덮고 있는 것이다. 그 상상들 때문이다.

나는 아파트 안을 혼자서 빙빙 돌았다. 한 발자국 한 발자국 내디딜 때마다 새로운 고뇌가 일어난다. 남편의 옷장을 열어 보았다. 그의 잠옷, 와이셔츠, 팬티, 속옷가지를 바라보다가 나는 울고 말았다. 다른 여자가 저 보드라운 비단과 포근한 스웨터의 감촉을 느끼며 그의 뺨을 애무할 수 있다는 것이 내게는 견딜 수가 없었다.

내가 경계심이 모자랐다. 나는 모리스가 점점 나이를 먹는 데다가 과로하게 일을 하고 있으니 그의 정열이 식어 미적지근하게 되더라도 순응해 줘야 마땅하다고 생각했던 것이다.

그랬더니 남편은 나를 차츰 누이처럼 생각하기 시작한 것이다.

그럴 때 노엘리가 남편의 욕망을 눈뜨게 했다. 욕정이 강한 여자인지 아닌지는 별 문제로 하더라도 그녀는 침대에서 남자를 어떻게 다루어야 하는지를 잘 알고 있음이 분명한 것 같다.

남편은 거기서 한 여자를 만족시킬 수 있다는 자랑스러운 희열을 새삼 발견했을 것이다. 함께 잔다는 것은 그저 잠을 잔다는 것만은 아니다. 그 두 사람 사이에는 나만이 독점하고 있던 친밀감이 있다. 잠이 깨면 모리스는 그녀의 머리를 겨드랑이에 품고 전에 내게 부르던 갖가지 애칭으로 그녀를 부르겠지? 아니면 새로 생각해 낸 애칭을 내게 속삭이던 목소리와 똑같은 목소리로 속삭이겠지? 아니면 목소리조차도 새로운 목소리로 달라질까?

남편은 또 면도를 하며 그녀에게 미소를 보내겠지? 그의 눈동자는 여느 때보다도 한층 검게 빛나겠지? 그리고 흰 비누 거품 속에서 그의 입술은 더욱 육감적이 되겠지?

남편이 셀로판지에 싸인 커다란 붉은 장미 다발을 안고 그녀의 문 뒤에서 나타나는 모습이 떠오른다.

모리스는 그녀에게 꽃을 사다 줄까?

마치 누군가 예리한 톱날로 내 가슴을 에는 듯한 고통을 느낀다.

토요일 밤

도르모아 부인이 방문하는 바람에 나는 그 집요한 망상에서 깨어났다.

우리는 함께 수다를 떤 다음, 나는 뤼시엔이 가지고 가지 않은 옷가지를 그녀의 딸을 위해 모두 내주었다.

반장님 같은 파출부에 이어 자신의 불행한 신세 타령만 과장하여 장황하게 늘어놓던 수다쟁이 여자, 그 다음에는 좀 모자라는 데다 손버릇까지 나빴던 파출부를 겪고 난 후라 나는 정직하고 중용적인 이 부인에게는 고마움을 느끼고 있다.

도르모아 부인은 내가 고용했던 파출부들 중에서 내 도움 없이도 혼자서 가사를 꾸려나갈 수 있는 유일한 여자이다.

나는 장을 보러 나갔다. 여느 때 같으면 냄새와 잡음과 웃음이 넘쳐 흐르는 이 거리를 장시간 서성거린다. 그리고 과일, 야채, 치즈, 생선 파이, 생선 등이 있는 갖가지 진열대를 둘러보며 먹고 싶은 음식을 생각해 보려고 애를 쓸 텐데……

꽃가게에서 가을꽃 한 아름을 샀다. 그러나 오늘 나의 행동은 기계적이었다. 나는 급히 장바구니를 가득 채웠다. 일찍이 느껴 보지 못했던 감정을 경험했다. 다른 사람들의 명랑한 분위기가 내게는 괴롭게 느껴진 것이다.

점심을 먹으며 나는 모리스에게 말했다.

"결국 우린 아무 얘기도 하지 않았군요. 노엘리에 대해서 난 아무것도 모르니 말이에요."

"왜 몰라? 중요한 얘기는 내가 당신에게 다 말했는데."

'클럽 46'에서 남편이 내게 그녀에 관한 얘기를 해준 것은 사실이다. 그때 내가 똑똑히 들어 두지 못했던 것이 후회스럽다.

"그렇지만 당신이 그 여자의 어떤 면에 특별한 것을 느꼈는지 나는 이해가 안 가는군요. 그 정도의 미인은 얼마든지 있는데 말이에요."

남편은 잠시 생각하는 듯하더니 "그 여자에게는 당신 마음에도 들 수 있는 장점이 있어요. 자기가 하는 일에 철저히 파고드는 태도 말이오" 하고 말했다.

"그 여자가 야심만만하다는 건 나도 알아요."

"그건 야심하곤 또 달라."

남편은 입을 다물었다. 아마도 내 앞에서 노엘리의 칭찬을 하는 것이 계면쩍게 느껴졌기 때문일 것이다.

물론 그의 얘기에 내가 고무적인 얼굴을 하고 있지는 않았을 테니까.

10월 5일 화요일

이제는 콜레트의 병도 나았는데 그 애의 집에서 내가 너무 오래 머무르는 것 같다. 콜레트는 무척 상냥하게 대해 주지만 나의 지나친 염려가 그 애의 신경을 과민하게 하지 않을까 걱정이 된다. 너무 오랫동안 남을 위해서만 살다 보면 다시 자기 자신을 위해 살려고 생활을 전환한다는 게 쉽지가 않다.

헌신이라는 함정에 빠지지 말 것. 준다는 말과 받는다는 말은 서로 바뀌 놓을 수 있다는 것을 나도 잘 알고 있다. 그리고 내 딸들이 나를 필요로 한다는 것이 내게는 얼마나 필요했던가도.

그 점에 있어서는 나는 속임수를 쓴 적이 없다.

"당신 참 놀라운데. 남을 기쁘게 해주는 일이 당신에게는 우선 자신을 기쁘게 하는 일이니 말이오" 하고 남편은 무엇인가 구실을 붙여서 내게 종종 그런 얘기를 했었다. 그럴 때마다 나는 웃으며 대답해 주곤 했다.

"그래요. 그것도 일종의 에고이즘의 형태죠."

남편은 애정 어린 눈으로 '가장 즐거운 형태' 라고 응수하곤 했었다.

10월 6일 수요일

지난 일요일 중고 시장에서 샀던 테이블이 어제 도착했다. 약간 수선한 흔적이 있는 매끄럽지 않은 나무 테이블로 육중하고 널찍한 진짜 시골 농가의 물건이다.

이 거실은 우리의 침실보다도 훨씬 아름답다.

마음은 서글펐으면서도 어젯밤——영화나 수면제는 곧 싫증이 나고 말 치료요법이지만——나는 오늘 아침에 남편이 기뻐할 것을 상상하며 즐거웠다. 그리고 실제로 남편은 나를 칭찬해 주었다. 하지만 그게 어떻단 말인가?

10년 전, 남편이 병든 어머니에게 가 있는 동안, 그때도 나는 이 방을 다시 꾸몄던 일이 있다. 그때 집으로 돌아온 남편의 얼굴과 목소리를 지금도 나는 기억하고 있다.

"여기서 행복하게 산다는 건 정말 기막힌 일이야!"

그리고는 벽난로에 불을 활활 지피더니 샴페인을 사러 밖으로 나갔었다. 게다가 붉은 장미까지 곁들여서 사다 주었다.

그런데 오늘 아침에 남편은 거실을 둘러보고 —— 뭐라고 말하면 좋을까 —— 칭찬하기는 했는데 그건 성의를 보이려는 억지 칭찬 같았다.

그렇다면 그는 정말 변한 것일까? 그의 고백은 어떤 의미에서는 나를 안심시켰다. 하지만 그에게는 연애 사건이 생긴 것이다. 그것으로 모든 것이 설명된다. 그러나 그가 옛날과 다름없다면 과연 그런 사건이 일어날 수 있었겠는가?

나는 그것을 일찍이 예감했던 것이다. 남편이 직업을 바꾸겠다고 말했을 때 내가 반대한 것도 그런 막연한 이유 중의 하나였다. 요컨대 사람은 스스로 변모하지 않고서는 인생을 변화시키지는 않는 법이다. 돈과 화려한 주위 환경이 그의 정신을 타락시킨 것이다.

전에 우리가 돈에 쪼들리며 살 때는 내가 조금만 머리를 써도 그는 "당신 정말 놀라운데!" 하면서 좋아하곤 했다. 그때는 꽃 한 송이, 과일 한 개, 그리고 내가 털실로 짜 준 스웨터 한 벌이 그에게는 모두 굉장한 보물이었다.

그런데 내가 애정을 쏟아서 장식한 이 거실도 탈보 씨네 아파트와 비교해 볼 때 특별히 잘 꾸며진 방은 못 되는 것이다. 노엘리의 아파트는 과연 어떨까? 분명 우리들의 아파트보다는 화려하겠지.

10월 7일 목요일

남편이 내게 진실을 털어놓았다지만 결국 나는 무엇을 얻었단 말인가?

이제는 남편이 그녀의 집에서 밤을 지내기로 되어 있다. 그러는 편이 그들에게는 편안한 것이다.

나는 자문해 본다……

하지만 그건 지나칠 정도로 분명하다. 남편이 그 사실을 고백하던 날 밤, 문을 요란하게 닫은 일이며, 위스키 잔을 만지작거리던 일이 사실은 모두 미리 계획된 술책이었다.

그는 내가 질문을 해오도록 나를 도발한 것이다. 그런 것을 나는 어리석게도 그가 성실한 마음으로 진실을 털어놓은 것이라고만 믿었으니…… 아! 분노란 얼마나 괴로운 것인가! 남편이 돌아오기 전에 이 분노를 이겨 낼 수 있을 것 같지가 않았다. 실은 나 자신을 이런 상태로 몰아넣을 이유는 하나도 없다. 남편은 어떻게 처신해야 좋을지를 모르고 있었던 것이다. 어려운 문제였기 때문에 그는 술책을 썼던 것이다. 그건 죄가 아니다.

그렇지만 나는 알고 싶다. 남편이 나를 생각해서 진실을 털어놓았을까, 아니면 자신이 편안하기 위해서였을까?

10월 9일 토요일

오늘밤 나는 내 자신에게 만족하고 있다. 지난 이틀 동안을 편안히 보냈기 때문이다.

나는 바롱 판사가 일러준 사회복지협회 직원에게 다시 편지를 띄웠으나 회답은 없었다.

난로에 장작을 피우고 나는 털실로 원피스를 뜨기 시작했다.

10시 반쯤에 전화벨이 울렸다. 탈보 씨가 모리스에게 건 전화였다.

"그인 지금 연구소에 계세요. 선생님도 함께 계시는 줄 알았는데요."

"…… 아니…… 그러니까…… 저도 연구소에 나갔어야 하는 건데, 감기가 들어서요. 바깥 양반께서 집에 돌아오신 줄 알고…… 알겠습니다. 제가 연구소로 전화를 걸죠. 실례했습니다."

마지막 구절은 매우 빠르고 애써 활기를 띤 말투였다.

그러나 내게는 "아니…… 그러니까……" 사이의 침묵 이외에는 귀에 들리지 않았다.

그리고 그 말 뒤에도 다시 침묵이 잇따랐다.

나는 전화에서 눈길을 떼지 않은 채 꼼짝 않고 그대로 앉아 있었다. 그리고 낡은 유성기 판처럼 그 두 마디를 수없이 반추했다.

"선생님도 함께 계시는 줄 알았는데요."

"…… 아니…… 그러니까……"

그리고 그때마다 그 침묵이 집요하게 뒤따랐다.

10월 10일 일요일

남편은 자정이 다 되어 돌아왔다. 나는 그에게 말했다.

"탈보 씨로부터 전화가 왔었어요. 그분도 당신하고 연구소에 같이 있는 줄 알았는데."

남편은 나를 쳐다보지 않고 대답했다.

"그 사람은 연구소에 안 나왔더군."

나는 또 말했다.

"당신도 안 갔었죠?" 잠시 침묵이 흘렀다.

"그렇소. 노엘리 집에 갔었지. 잠깐 들르라기에."

"잠깐 들러요? 당신 세 시간씩이나 거기 있었잖아요? 당신, 내겐 연구소에 간다고 말해 놓고는 툭하면 그 여자 집으로 가는군요?"

"아냐! 이번이 처음이야."

남편은 마치 내게 한 번도 거짓말을 한 적이 없는 사람처럼 분개한 어조로 말했다.

"그 한 번이라는 게 너무 많단 말이에요. 그렇게 계속 거짓말을 하려면 뭣 때문에 내게 진실을 털어놓은 거죠?"

"당신 말대로요. 하지만 차마 말할 수가……"

그 한마디에 나는 왈칵 속이 뒤집혔다. 겉으로는 아무렇지도 않은 척하느라고 그토록 애써 분노를 억눌러 왔었는데.

"차마 말할 수가 없었다니요? 내가 악처란 말이에요? 나처럼 양순한 여자가 또 있거든 데려와 보세요!"

그의 목소리가 불쾌한 어조로 변했다.

"내가 차마 말을 못했던 건, 요전에도 당신이 시간까지 다 계산하고 있었으니 그런 것 아뇨? 노엘리에게서 몇 시간, 당신한테서 몇 시간 하고 말이오……"

"어머 기가 막혀라! 시간을 계산해서 나를 어리둥절하게 한 건 나보다도 바로 당신이었잖아요?"

남편은 잠시 망설이더니 이내 뉘우치는 듯한 어조로, "그래 내가 잘못했소. 앞으로 다신 거짓말 안 하겠소" 하고 말했다.

나는 남편에게 노엘리가 왜 그토록 간절히 그를 만나려 했느냐고 물었다.

"그 여자, 지금의 형편이 그다지 유쾌하진 않으니까 그러는 거지" 하고 남편은 대답했다.

나는 또다시 화가 치밀었다.

"그것 참 어처구니없는 소리로군요. 그 여자, 나라는 존재가 있다는 걸 알면서도 당신하고 관계를 가진 것 아녜요?"

"그걸 잊어버릴 리야 없지. 그래서 괴로워하는 거야."

"그럼 내가 방해가 된다는 얘기로군요? 그 여잔 당신을 완전히 자기 것으로 만들고 싶다는 건가요?"

"그 여잔 날 사랑하고 있소……"

노엘리 게라르, 그 하찮은 냉혈의 야심가가 사랑에 빠진 여자 역을 연기하고 있다. 이건 아무래도 좀 심했다.

"난 없어져 버릴 수도 있어요. 그게 당신네들한테 편하겠다면!" 하고 나는 말했다.

남편은 내 어깨 위에 손을 얹었다.

"모니크, 제발 모든 걸 그런 식으로 생각하진 말아요!"

그는 불행하고 피곤한 모습이었다. 그러나 ── 여느 때 같으면 남편의 한숨 소리 하나에까지도 가슴이 철렁하던 나였건만 ── 이제는 관대해질 기분이 들지 않았다. 나는 냉담하게 말했다.

"그럼, 당신은 그런 일들을 내가 어떻게 다루어 주기를 바라는 거예요?"

"적개심을 갖지 말아 주오. 나도 알아요. 내가 이 연애를 시작한 건 분명 잘못이었소. 하지만 이렇게 된 이상 누구한테도 너무 많은 상처를 주지 않고 이 일을 해결해 보고 싶은 심정이오."

"난 당신에게 연민을 요구하고 있는 건 아녜요."

"연민을 하고 안하고의 문제가 아니오. 너무 이기적인 생각일는지 모르지만 당신을 괴롭힌다는 사실 자체 때문에 나로서도 참혹한 고통을 겪고 있소. 하지만 내가 노엘리 생각도 해주어야 한다는 걸 이해해 주구려."

나는 일어섰다. 더 이상 자신의 감정을 억제할 수 없다는 느낌이 들었기 때문이다.

"이제는 그만 잡시다."

그리고 오늘밤, 모리스는 어쩌면 지금쯤 노엘리에게 그 얘기를 하고 있는지도 모른다. 나는 왜 여태 그 생각을 못했을까?

그들은 그들 자신의 일을, 그러니까 나의 이야기를 말하고 있을 것이다.

그들 사이에는 공범의 유대감이 존재한다. 마치 모리스와 나 사이같이.

노엘리는 우리 부부의 일생에 있어서 한낱 장애물만은 아니다. 오히려 지금은 내가 그들의 사랑에 있어서 하나의 문제이고 장애물이 되고 있다.

노엘리에게는 이 연애가 일시적인 불장난이 아니다. 그녀는 모리스와의 관계를 진지하게 생각하고 있는 것이다.

그리고 그녀는 영리하다.

내가 취한 최초의 행동은 좋았다. 나는 모리스에게 나와 그녀 중 하나를 택하라고 말해 당장에 손을 떼도록 했어야 옳았을 것이다. 그러면 모리스는 한동안은 나를 원망했겠지만 시간이 지난 후에는 나에게 감사했을 것이다.

그러나 나는 그렇게 할 수가 없었다. 아직까지의 내 욕망과 의지, 그리고 내 이익이 남편의 이익과 분리되어 본 적이 한 번도 없었기 때문이다. 어쩌다가 예외로 내가 그의 뜻에 반대한 적도 있었지만 그 역시 남편의 이름으로 남편을 위한 것이었다.

그러나 지금은 내가 남편에게 정면으로 대결하지 않을 수 없다. 하지만 내게는 이 싸움을 감당할 힘이 없다. 그렇다고 나의 참을성이 잘못된 것이 아니었는지의 여부에 대해서도 확신이 서 있지 않다.

가장 견디기 어려운 것은 남편이 나에 대해서 별로 고마운 줄 모르고 있다는 것이다.

그는 남자들 특유의 이치에 닿지도 않는 논리를 그럴듯하게 펴면서 내게 느끼는 양심의 가책을 나에게 뒤집어씌우려는 것 같다.

좀더 이해심 깊고 좀더 무관심하고 좀더 상냥한 아내가 되어야만 하는 것일까? 아, 이제는 뭐가 뭔지 모르겠다.

내가 어떻게 처신해야 할지를 몰라서 지금처럼 머뭇거린 적은 일찍이 없었다.

아니, 한 번 있기는 있었다. 뤼시엔 때문에.

하지만 그때는 남편하고 상의했었지. 내게 있어서 무엇보다도 곤혹스러운 것은 남편과 단둘이 있으면서 느끼는 고독이다.

10월 14일 목요일

나는 조종의 대상이 되고 있다. 대관절 누가 나를 조종하는 것일까? 모리스? 노엘리? 아니면 둘이 함께 조종하고 있는 것인가?

어떻게 하면 내가 그것을 실패하게 할 수 있을까? 모르는 척하고 말려드는 길일까, 아니면 반항하는 길일까? 그리고 나를 어디까지 끌고 갈 작정일까?

어젯밤 영화관에 갔다 돌아오니 모리스가 조심스러운 어조로 내게 청이 하나 있다고 말했다.

노엘리와 주말에 어디론가 떠나고 싶다는 것이었다. 그 대신 그 보상으로 요 며칠 동안은 밤일을 하지 않기로 했으니 나와 함께 지낼 시간을 많이 가질 것이라고 덧붙였다.

나는 펄쩍 뛰며 반대했다.

남편의 얼굴이 굳어졌다.

"더 이상 이 얘기는 하지 않기로 합시다."

남편은 다시 상냥해졌으나 나는 그의 청을 거절한 일 때문에 마음이 산란해 있었다.

그는 나를 아량 없는 쩨쩨한 여자로, 아니면 적어도 매정한 여자로 생각하겠지.

남편은 다음 주말에 서슴지 않고 내게 거짓말을 할 것이고, 그래서 우리는 주말을 따로 보내게 될 것이다……

"남편이 바람 피우는 것을 관대하게 보아 넘기라"라고 이자벨은 내게 말했지만……

잠자리에 들기 전에 나는 남편에게 곰곰이 생각해 본즉, 반발했던 나의 태도를 후회하고 있으니 당신 마음대로 하라고 말했다.

그러나 남편에게서 기뻐하는 기색이 안 보였으며 오히려 그 반대였다.

나는 그의 눈에서 고뇌의 그림자를 본 것 같았다.

"내가 당신에게 많은 걸 요구하고 있다는 건 나도 알고 있소. 요구가 너무 지나치지. 내게 양심의 가책이 없다고는 생각지 말아 주오."

"양심의 가책이라니요! 그런 게 무슨 소용이 있나요?"

"물론 소용이야 없지. 그냥 그렇게 나온 것뿐이야. 양심의 가책이 없는 편이 오히려 더 깨끗한지도 모르지."

나는 오랫동안 눈을 붙이지 못하고 있었다. 남편 역시 잠을 못 이루는 것 같았다.

그는 무엇을 생각하고 있었을까? 나는 내가 양보한 것이 옳았는지 어떤지를 자문하고 있었다.

양보에 양보만 거듭하고 있으니 도대체 나는 어디까지 갈 것인가?

지금 당장으로 보아서는 양보해서 얻은 이득이 하나도 없다. 물론 아직 너무 이르긴 하지만.

이런 정사가 파탄이 나려면 우선 완전히 익도록 내버려 두어야 하는 것이다.

나는 그것을 나 자신에게 되풀이 다짐한다. 때로 나는 나 자신을 현명하다고 생각하는가 하면, 때로는 비겁하게도 생각되어 스스로를 꾸짖기도 한다. 사실상 나는 무방비 상태이다. 왜냐하면 나는 내 자신이 권리를 가지고 있다고는 꿈에도 생각해 본 일이 없었기 때문이다.

나는 사랑하는 사람들에게서 많은 것을 기대한다──어쩌면 지나치게 기대하는지도 모른다. 나는 기대하며 때로는 요구까지 한다. 그러나 나는 강요할 줄은 모른다.

10월 15일 금요일

오랫동안 나는 오늘처럼 명랑하고 다정한 모리스를 본 적이 없다.

오늘 오후 그는 두 시간의 틈을 내어 나와 함께 히타이트〔소아시아의 고대민족〕 미술 전시회에 갔었다. 우리의 생활과 그의 정사를 타협시키려고 생각하는 모양이다.

그것이 오래만 끌지 않는다면 동의해도 좋다.

10월 7일 일요일

어제 아침 8시도 되기 전에 남편은 침대에서 조용히 빠져 나갔다.

남편이 세수한 후 늘 쓰는 오 드 콜로뉴 향기가 났다. 그는 침실과 아파트의 문을 가만히 닫았다.

창 너머로 남편이 즐겁게 차를 닦는 모습이 보였다. 그는 콧노래를 흥얼거리고 있는 것 같았다.

가을의 마지막 나뭇잎새 위로 여름 날씨처럼 부드러운 하늘이 있었다. (낭시에서 돌아오는 장밋빛과 잿빛 가도 위로 내리던 비, 아카시아 잎의 황금 비.)

남편은 차에 올라 엔진에 시동을 걸었다.

나는 남편 바로 옆의 내 자리를 바라보았다. 이제 곧 노엘리가 앉을 내 자리.

남편이 차를 빼자 차는 이내 달리기 시작했다. 나는 심장이 빠져 나가는 것 같았다.

차가 속력을 내어 달리자 그는 내 시야에서 사라졌다. 영원히.

그는 영원히 돌아오지 않을 것이다. 돌아오는 것은 그가 아닐 것이다.

나는 되도록 시간을 잘 보내려고 노력했다. 콜레트도 만나고 이자벨도 만났다. 영화도 두 편 보았다. 베르히만 감독의 영화.

굉장히 감동적인 영화라서 계속 두번을 보았다.

오늘밤 나는 재즈 음악을 틀어 놓고 벽난로에 불을 지폈다. 그리고는 불꽃을 보며 뜨개질을 했다.

고독은 보통 때 나를 두렵게 하지 않는다.

고독도 조금씩이라면 오히려 기분을 느긋하게 만들어 준다. 사랑하는 사람들이 곁에 있으면 마음을 너무 쓰게 되기 때문이다. 상대방이 얼굴을 한번 찌푸리거나 하품만 해도 벌써 불안해진다. 그리고 성가시다는 느낌을 주지 않으려고——혹은 우습게 보이지 않으려고——신경을 쓰다 보면 걱정거리가 있어도 입 밖에 낼 수가 없으며, 충동적인 기분이 일어나도 억제하지 않으면 안 된다.

사랑하는 사람들을 멀리서 생각한다는 것은 아늑한 휴식이 된다.

지난 해 모리스가 주네브에서 열렸던 어느 학회 모임에 갔을 때는 그 하루하루가 무척 빨리 지나가는 것처럼 느껴졌다.

그런데 이번 주말은 끝없이 길기만 하다.

나는 뜨개질을 그만두었다. 뜨개질은 내 마음을 달래주지 못했다.

그들은 지금 무엇을 하고 있을까? 어디에 있을까? 무슨 얘기들을 나누고 있을까? 어떤 눈으로 서로 마주 보고 있을까?

나는 질투 같은 것은 느끼지 않을 수 있다고 믿어 왔다. 그런데 그렇지가 않았다.

남편의 주머니와 서류들을 뒤져 보았지만 물론 아무것도 찾아내지 못했다. 노엘리는 남편이 무쟁에 있을 때 틀림없이 편지를 보냈을 것이다. 그리고 남편은 그녀가 우체국으로 보낸 우편물을 나 몰래 찾으러 갔을 것이다. 그리고 그 편지들을 병원 어딘가에 숨겨 두었을 것이다. 내가 남편에게 그 편지를 보여 달란다면 그는 편지를 내게 보여 줄까?

보여 달라니…… 누구에게? 지금 노엘리와 함께 산책을 즐기고 있는 그 남자——그 얼굴도, 그 입에서 나오는 말도 나로서는 상상할 수 없는——또 상상하고 싶지도 않은 그 남자에게? 내가 사랑하고 그 역시 나를 사랑하는 그 사람에게? 그게 동일한 인물이란 말인가?

나도 이젠 모르겠다. 나는 내가 작은 흙더미를 산처럼 크게 생각하고 있는 건지, 아니면 큰 산을 작은 흙더미로 생각하고 있는 건지 도무지 알 수 없다.

……나는 남편과 나 두 사람 사이의 과거로 피난처를 찾았다. 사진이 가득 든 상자를 난롯가에 늘어놓았다.

모리스가 완장을 차고 있는 사진이 나왔다. 그날 우리는 얼마나 서로 밀착되어 있었던가. 그랑 오귀스탱 근처에서 우리가 부상당한 프랑스 해방군〔제2차 세계대전 중 독일 점령하에 있던 프랑스의 나치 저항 운동조직〕의 민병들을 보살펴 주던 때의 사진이다.

또 한 장은 코르시카 곶으로 가던 도중 모리스의 어머니가 우리에게 준 덜커덕거리는 낡아빠진 차를 찍은 것이다.

그날 밤 코르트 근처에서 차가 고장났던 일이 생각난다.

그때 우리는 사방이 사람의 그림자 하나 없이 너무도 고요한 데 압도된 나머지 꼼짝도 못하고 서 있었다.

"어떻게 고쳐 보도록 해야죠"라고 내가 말했더니 모리스는 "우선 키스부터 해주고"라고 말했었다. 우리는 오랫동안 뜨거운 포옹을 했다.

추위도 피로도 이 세상의 어떤 것도 우리에게는 미칠 수 없는 것같이 느껴졌었다.

묘한 일이다. 그것이 무엇을 의미하는 것일까? 지금 내 마음속에서 다시 되살아나는 이 영상들은 모두 10년 전의 일들이다. 유럽 곶, 파리 해방, 낭시로부터의 귀로, 집들이 파티, 코르트 노상에서의 자동차 고장……

그 밖에도 나는 많은 영상들을 떠올릴 수 있다. 지난 수년 간 무쟁에서 보낸 여름 휴가, 베니스, 내가 마흔 살이 되던 해의 생일 등……

그러나 그것들은 10년 전의 영상과 같은 감동을 주지 않는다.

가장 먼 추억이 항상 가장 아름답게 느껴지는 것일까?

나는 나 자신에게 묻고 스스로 그 물음에 대답을 내리지 못하는 데에 대해 지치고 말았다.

정신의 균형을 잃은 것이다. 내가 살고 있는 아파트조차 생소하게 느껴진다. 집 안의 물건들도 모두 가짜 같아만 보인다. 거실의 육중한 테이블조차도 허술한 것으로 보인다. 마치 나의 집과 나 자신을 제4차원의 세계 속에 투영이라도 시킨 것처럼.

내가 만일 밖으로 나가 유사 이전의 숲속이나 서기 3천년대의 미래 도시에 있는 자신을 발견하게 된다고 하더라도 나는 놀라지조차 않을 것이다.

10월 19일 화요일

남편과 나 사이의 이 긴장감. 내 잘못 탓일까, 아니면 남편의 잘못 탓일까?

나는 애써 자연스럽게 그를 맞아들였다.

남편은 내게 그가 보내고 온 주말 얘기를 해주었다.

그들이 간 곳은 솔로뉴 지방이었다는데 남편의 말에 의하면 노엘리가 솔로뉴 지방을 좋아한다는 것이었다. (그 여자가 좋은 취미를 가졌다는 얘기겠지.)

그런데 그들이 어제는 오스텔르리 드 포르느빌에서 저녁을 먹고 그곳에서 묵었다는 얘기가 남편의 입에서 나오자 나는 펄쩍 뛰었다.

"그렇게 천박하고 비싼 데서요?"

"아냐, 아주 아름다운 호텔이더군." 모리스가 대답했다.

"이자벨 말로는 미국인들을 상대로 하는 화려한 호텔이라던데요. 거기에는 푸른 식물들과 새들, 그리고 옛것을 모방한 가짜 물건들만 잔뜩 있답니다."

"그래, 푸른 식물들도 있고 새들도 있고 골동품은 가짜도 있지만 진짜도 있었어. 그렇지만 어쨌든 아주 아름다운 호텔이더군."

나는 그 이상은 말을 하지 않았다. 남편의 목소리가 어색해진 것을 느꼈다. 대체로 모리스가 좋아하는 것은 음식 맛이 좋고 겉치레가 없는 작은 싸구려 음식점이거나 아름답고 외진 곳의 한적한 호텔이다.

그래, 남편이 노엘리에게 한번쯤 양보한 것이라면 나도 인정해 주자.

그러나 그 여자의 마음에 드는 저속한 취미까지를 일부러 남편이 좋아하는 척할 필요야 없지 않은가. 그 여자가 바야흐로 남편에게 영향을 미치기 시작했다면 얘기는 달라지지만.

남편은 8월에 베르히만의 최신작 시사회를 노엘리와 함께 가 보고 와서는(그녀는 시사회나 첫날 초대 행사 이외에는 가지 않는다) 그 영화가 신통치 않다고 하는 것이었다.

필경 노엘리가 베르히만은 시대에 뒤떨어졌다고 말했음이 틀림없다. 그녀에게는 그 정도의 안목밖에 없기 때문이다.

그녀는 매사에 통달하고 있는 체함으로써 남편을 현혹시키고 있다.

지난해 디아나네 집 만찬회에서 보았던 노엘리가 눈앞에 떠오른다. 그녀는 그때 해프닝에 대해서 한마디 언급하더니 다음에는 그 당시에 그녀가 이겼던 랑팔 소송에 대한 얘기를 장황하게 늘어놓았다. 참으로 우스운 대목이었다. 그래서 뤼스 쿠튀리에는 어색한 표정을 하고 있었으며 디아나는 내게 공범의 윙크를 보냈었다.

그러나 남자들은 모두 입을 벌린 채 멍하니 그녀의 얘기를 듣고 있었다. 그 중에서도 특히 모리스가. 그런 종류의 허풍에 말려들 모리스는 아니었건만.

그렇다고 내가 노엘리를 비난해서는 안 될 것이다. 하지만 이따금 나로서도 어쩔 수 없이 그렇게 될 때가 있다.

그날 나는 베르히만 감독에 대해서는 의견을 내세우지 않았다.

그러나 밤에 저녁을 먹으면서 나는 모리스와 바보 같은 입씨름을 벌이고 말았다. 생선을 붉은 포도주와 먹으면 맛이 괜찮다고 우겼기 때문이다. 그것 역시 노엘리 특유의 반응 작용이었던 것이다. 즉 관습이라는 것을 충분히 알고 있으면서 이에 따르지 않는 태도.

그래서 나는 생선은 백포도주와 함께 먹는다는 규범을 굳이 옹호하고 나섰다. 입씨름이 우리 사이에 시작된 것이다. 얼마나 딱한 노릇인가!

아무튼 나는 생선이 싫다.

10월 20일 수요일

모리스가 내게 사실을 고백하던 밤, 나는 불쾌하기는 하지만 분명하게 드러나 버린 상황을 극복하지 않으면 안 될 것이라고 생각했다. 그런데 나는 지금 어디에 있는지, 그리고 만일 내가 투쟁할 필요가 있다면 그것은 과연 무엇에 대해서며 왜 투쟁하지 않으면 안 되는지를 모르고 있다.

나와 비슷한 경우를 당한 다른 여자들도 모두 나처럼 이렇게 막막해 있을까? 이자벨은 시간이 흐르면 모든 것이 내게 유리해질 것이라고만 되풀이 말하고 있다. 그녀의 말을 믿고 싶다.

디아나는 남편이 자기와 아들들을 친절히 보살펴 주기만 한다면야 자기를 속이건 말건 상관하지 않는다고 말했다. 디아나는 내게 충고 같은 것은 줄 수 없을 것이다.

그래도 나는 디아나에게 전화를 걸었다. 노엘리에 관한 정보를 얻고 싶어서였다. 디아나는 노엘리를 잘 알고는 있지만 좋아하지는 않았다. (노엘리는 르메르시에에게 노골적으로 접근했다가 거절당한 일이 있다. 르메르시에는 분별을 잃게 되는 사랑에 말려들기를 좋아하지 않는 남자이다.)

나는 디아나에게 모리스에 관해서 언제부터 알고 있었느냐고 물었다. 그녀는 깜짝 놀라는 척하더니 노엘리에게서는 아무 얘기를 듣지 못했다고 말했다. 그녀는 노엘리와 전혀 친하지 않다는 것이었다.

디아나의 이야기는 이런 것이었다.

노엘리는 스무 살 때 굉장한 부자와 결혼을 했다. 그랬다가 남편으로부터 이혼을 당한 것이다 —— 아마도 아내에게 배신당하는데 진저리가 났던 모양이다 —— 그러나 노엘리는 막대한 위자료를 얻어냈다. 그녀는 지금도 전 남편에게서 호사스러운 선물을 받아 내는가 하면 그 남자의 현재 부인과도 잘 사귀어 툭하면 나폴리에 있는 그들의 별장을 빌려 몇 주일씩이고 묵곤 하는 것이었다.

그러면서 노엘리는 수많은 남자들과 성관계를 가져왔다 —— 대개는 그녀의 출세에 도움이 되는 남자들이었다 —— 그러다가 이제는 오랫동 안 함께 지낼 한 남자를 만나 정착하고 싶은 것이 틀림없다.

그러나 그녀가 모리스보다 돈도 더 많고 이름도 더 알려져 있는 남자 를 수중에 넣게 되면 모리스는 또 버림받게 될 것이다. (나는 모리스 쪽 에서 선수를 쳐 그녀를 버리기를 바라지만.)

노엘리의 딸은 열네 살인데, 노엘리는 지나친 속물식 교육방법으로 딸을 키우고 있다. 승마, 요가를 가르치고 고급 기성복점 비르지니의 드 레스 따위를 입히고 있다. 그 아이는 디아나의 둘째 딸과 같은 알자스 학 교엘 다니는데 허세가 대단한 모양이다. 그런가 하면 한편으로는 자기 엄마가 자기를 잘 돌보지 않는다고 불평을 털어놓는다는 것이다.

디아나의 말에 의하면 또한 노엘리는 변호 의뢰인들에게 막대한 금액 의 사례금을 요구하며 자기 선전에는 엄청난 배려를 기울이는가 하면 성공을 위해서라면 무슨 짓이라도 서슴지 않을 태세가 되어 있다는 것 이다.

지난해에 우리는 노엘리의 제 자랑에 대해서 얘기를 나눈 적이 있었 다. 그런 식으로 약간 헐뜯고 나니 어리석은 일이지만 다소 기분이 후련 해졌다. 그것은 마치 마법의 주문과도 같은 것이다. 거기다 핀을 박아 놓 으면 연적의 손발이 잘리고 얼굴 모습은 흉칙해져서 정부는 그 끔찍한 상처를 보게 된다는……

나와 디아나가 그리는 노엘리의 초상화가 모리스에게 영향을 미치지 않으리라고는 생각되지 않는다.

(나는 남편에게 얘기해 주고 싶은 것이 하나 있다. 그것은 랑팔 소송 사건을 변호한 것이 노엘리가 아니라는 사실이다.)

10월 21일 목요일

모리스는 즉각 노엘리를 감쌌다.

"디아나의 목소리가 들리는 것 같군 그래. 그 여자는 노엘리를 몹시 싫어하니까!"

"그건 사실이에요. 하지만 노엘리가 그 사실을 알고 있다면 왜 디아나 와 자주 만나는 거죠?"

"그렇다면 디아나는 또 왜 노엘리를 만나러 다니는 거요? 사교상 서로 어울리는 거 아냐? 안 그래?" 하며 남편은 사뭇 도전적으로 내게 대들었다.

"그래, 디아나가 당신한테 뭐라고 말합디까?"

"당신이야 악의에서 나온 말이라고 할 텐데요, 뭐."

"그야 물론이지, 아무것도 안 하는 여자들이란 사회에서 일하는 여자를 보면 못 견뎌 하는 법이니까."

(아무것도 안 하는 여자란…… 그 말이 마음에 걸렸다. 그건 모리스가 생각해 낸 말은 아니다.)

"그리고 결혼한 여자란 누구나 다른 여자가 자기 남편을 사로잡는 걸 좋아할 리가 없죠"라고 나는 한마디 했다.

"아, 그게 디아나가 한 말이오?" 모리스는 재미있다는 듯이 내게 말했다.

"왜요? 노엘리야 분명 정반대로 말했겠죠? 하긴 누구나 제 나름대로 진리는 있으니까요……" 그러면서 나는 남편을 바라보았다.

"그래, 당신의 경우는 누가 누구에게 먼저 접근했다는 거죠?"

"어떻게 된 건지는 내가 당신한테 벌써 나 밀렀잖소?"

그렇다. '클럽 46'에서 남편은 내게 자초지종을 이야기한 것이다. 그런데 그것이 분명치가 않았다. 사연인즉 노엘리가 빈혈증이 있는 딸을 모리스에게 진찰받게 하려고 데려왔을 때, 그가 노엘리에게 저녁 데이트를 신청했고 그것을 여자가 승낙해서 두 사람은 그날 밤 같이 자게 되었다는 것이었다.

아! 그런 건 아무래도 좋다. 나는 다시 이야기를 계속했다.

"당신이 알고 싶다니 하는 얘기지만, 디아나는 노엘리가 계산 잘하고 출세 제일주의자에 속물이라고 단정하더군요."

"그래 당신은 디아나의 말을 믿는단 말이오?"

"어쨌든 노엘리가 거짓말쟁이인 건 사실이에요."

나는 노엘리가 랑팔 소송을 마치 자기가 변호한 것처럼 떠들지만 실은 그때 그 여자는 브레방 변호사의 조수에 지나지 않았다는 것을 남편에게 말해 주었다.

"하지만 노엘리가 정반대 얘기를 한 건 아니잖소? 그 여자는 그 사건 때문에 일을 많이 했으니까. 그런 척도에서 볼 때 그 사건을 자기 소송 사건이라고 생각하는 것이지. 그뿐인 거요."

남편은 거짓말을 했거나 아니면 자신의 기억을 날조했거나 두 경우 중의 하나이다. 나는 노엘리가 자신이 직접 변론을 했다고 말한 것으로 거의 확신하고 있다.

"어쨌든 그 여자는 그 소송의 승리가 전부 자기 때문인 것처럼 말하고 있으니까요."

"여보" 하고 모리스는 쾌활하게 말했다.

"만약 당신이 말하는 그런 결점들이 정말로 그 여자에게 모두 있다면 내가 그 여자하고 단 오 분인들 어떻게 같이 지낼 수 있겠소?"

"그런 건 난 모르겠어요."

"내가 그 여자를 두둔하려는 건 아니오. 그러나, 그 여잔 확실히 평가해 줄 만한 가치가 있는 여자요."

내가 노엘리에 대해서 하는 말을 모리스는 모두 질투심에서 나온 것으로 생각할 것이다. 그러니 차라리 말을 하지 않는 편이 나을 것 같다.

그러나 어쨌든 나는 그 여자가 몹시 불쾌하다. 그녀는 내 언니를 연상시킨다. 자신감, 번지르르한 수다, 관심이 없는 척하면서 우아함을 과시하려는 태도 따위가 모두 내 언니와 꼭 같다. 그런데 그 교태와 냉혹성이 한데 섞인 면이 남자의 마음을 매혹시키는 모양이다.

내가 열다섯 살이고 언니가 열여덟 살 때였는데, 언니 마리즈는 내 남자 친구들을 모조리 빼앗았다. 그래서 모리스를 언니에게 소개했을 때도 나는 불안해서 조마조마했다. 오죽하면 모리스가 언니에게 홀딱 반한 무서운 악몽까지 꾸었을까. 그 말에 모리스는 분개해서 내게 이렇게 말했었지.

"당신 언니는 외향적이야! 기교가 너무 지나치고! 가짜 보석과 같애. 당신이야 진짜 보석이지만."

진짜라…… 그것은 당시에 유행하던 말이었다. 그런데 그는 나를 '진짜'라고 불러 준 것이다. 어쨌든 모리스가 사랑한 것은 나였다. 그래서 나는 언니를 부러워하지 않았다. 나는 나 자신에 그대로 만족할 수 있었다.

그렇다면 모리스가 마리즈 언니와 같은 유형의 노엘리를 어떻게 높이 평가할 수가 있단 말인가?

내가 그토록 싫어하는 사람이 —— 만약 남편이 전처럼 우리의 기준에 충실했다면 그 역시 싫어했어야 할 사람이 —— 그의 마음에 든다면 그는 내게서 완전히 빠져 나간 것인가. 그는 정녕 변해 버렸다.

그는 지금 우리가 멸시하던 거짓 가치에 속고 있는 것이다. 아니면 단지 노엘리에 대해서만 생각이 잘못 돌아가고 있는 것인가. 하루 속히 그가 다시 눈을 떠야 할 텐데.

참을성이 점점 없어지기 시작한다.

"아무것도 안 하는 여자들이란 사회에서 일하는 여자를 보면 못 견뎌 하는 법이다."

그 말은 나를 놀라게 했으며, 또한 내 비위를 뒤집어 놓았다.

남편은 여자가 직업을 갖는 것을 좋게 생각한다. 그래서 콜레트가 결혼과 가정을 선택한 것을 퍽이나 서운하게 생각했던 것이다. 내가 콜레트의 생각을 돌리지 못한 것에 대해 나를 약간 원망할 정도였으니까. 그러면서도 결국 여자에게는 자기를 성취할 수 있는 또 다른 길이 있다는 것은 인정하고 있다.

남편은 내가 '아무것도' 안 하고 있다고 생각한 적은 한번도 없었다. 오히려 남편은 내가 집안 일을 잘 처리하고 딸들을 항상 세심하게 보살피는 가운데서도 그가 내게 얘기하는 환자들의 여러 가지 케이스에 대해서까지 —— 긴장이나 과로의 기색을 조금도 보이지 않고 —— 진지하게 협조하고 있음을 늘 경탄해 왔다.

그의 눈에 다른 여자들이란 항상 너무 수동적이거나 아니면 지나치게 불안정한 것처럼만 보였었다. 그런데 나는 그 중간의 균형 있는 생활을 해온 것이다. 남편은 그런 내 생활을 '조화 있는 생활'이라고까지 말해 주었다.

"당신에게선 모든 것이 조화를 이루고 있단 말이야."

그러던 남편이 '아무것도 안 하는 여자들'에 대한 노엘리의 경멸에 동조하고 나서고 있으니 나로서는 참을 수 없는 것이다.

10월 24일 일요일

노엘리의 행동거지가 내 눈에 차츰 뚜렷하게 보이기 시작했다. 그녀의 속셈은 나를 가정에만 틀어박힌, 상냥하고 만사를 체념한 주부의 역할로 몰아넣으려는 데 있는 것이다.

나는 남편과 난롯가에서 함께 지내기를 좋아한다. 그렇다고 해도 남편이 음악회나 극장에는 항상 노엘리만 데리고 간다는 것은 참을 수 없다. 금요일에 남편이 노엘리와 함께 화랑의 초대 행사에 참석했었다는 얘기를 내게 했을 때 나는 그에게 항의했다.

그랬더니 남편은 내게 "당신은 초대 행사 같은 건 싫어하지 않소?"라고 말했다.

"하지만 난 그림을 좋아하잖아요?"

"만일 그 그림이 좋았더라면 당신하고 다시 한 번 보러 갔었을 텐데."

말이야 쉽지.

노엘리는 남편에게 책들을 빌려 준다. 인텔리 여성을 연기하는 것이다.

나는 현대 음악이나 문학을 그 여자만큼은 모른다.

그건 나도 인정한다. 그러나 전체적으로 볼 때는 교양으로나 지성으로나 내가 그 여자만 못할 것은 없다.

언젠가 모리스는 어떤 다른 사람의 판단보다도 나의 판단에 동의한다는 편지를 보내온 적이 있다. 왜냐하면 나의 판단은 '명석하면서도 동시에 솔직' 하기 때문이라는 것이다.

나는 내가 생각한 것과 느낀 바를 그대로 표현하려고 애쓴다.

남편 역시 마찬가지다. 그리고 그 성실성이야말로 우리에게는 가장 귀중하게 생각되어 온 것이다.

모리스가 노엘리의 허세에 현혹되는 것을 그대로 내버려 둘 수는 없다. 나는 이자벨에게 나도 좀 그런 세계에 통달할 수 있도록 도와 달라고 부탁했다. 물론 모리스 몰래. 그가 알면 나를 비웃을 테니까.

이자벨은 계속 나에게 참으라고만 권했다. 그녀는 모리스가 신뢰를 잃을 짓은 하지 않았잖느냐고 잘라 말하면서 그에 대한 나의 평가와 우정은 그대로 지켜 나가야 한다고 말했다. 그녀가 모리스에 대해서 이렇게 얘기를 해준 것은 내게는 매우 좋은 일이었다. 왜냐하면 나는 남편에 대해 혼자 자문도 해보고 스스로 경계심을 갖기도 하고, 비난도 해보다 보면 나중에는 그를 제대로 파악할 수가 없게 되어 버리기 때문이다.

결혼 초, 시므카 회사의 의무실과 어린애들이 앙앙거리는 작은 아파트 사이를 왔다 갔다 하던 시기의 그의 생활이란 우리가 그토록 서로 사랑하지 않았더라면 퍽 힘든 생활이었음이 틀림없다.

그때 모리스가 인턴 생활을 포기한 것도 따지고 보면 나 때문이 아니었는가. 그러니 그걸로 남편이 내게 좋지 못한 감정을 가지려면 가질 수도 있었을 게 아니냐고 이자벨은 내게 말한다.

그러나 그 점에 대해서는 나는 그렇게 생각하지 않는다. 모리스는 전쟁 때문에 학교가 늦어졌고 그래서 학업이 힘에 겹게 되었다. 그 때문에 그는 어른의 생활을 하고 싶어한 것이다.

당시 나의 임신은 우리 두 사람에게 다 책임이 있었다. 페탱 괴뢰 정권 하에서 임신 중절 수술을 시도하는 것은 문제가 안 되었기 때문이다. 그러니 원망 같은 것은 당치도 않은 소리이다. 우리의 결혼은 나와 마찬가지로 그를 행복하게 해주었다.

그러나 보람도 없는 어려운 조건 속에서도 그처럼 쾌활하게 그처럼 부드럽게 굴 수 있었다는 것은 확실히 높이 살 만한 그의 공적 중의 하나이다. 이번 사건이 생기기 전까지는, 나는 조금도 그를 비난해 본 적이 없었다.

이자벨과의 이번 이야기에서 나는 용기를 얻었다. 나는 모리스에게 다음 주말을 함께 보내자고 제의했다.

그 동안에 그가 어느 정도 잊어버렸던 즐거움과 친밀감을 나와 함께 다시 찾았으면 싶었고 한편으로는 그가 우리의 과거를 다시 상기해 주기를 바랐던 것이다.

나는 다시 한 번 낚시로 떠나자고 말했다. 남편은 마치 또 하나의 여자에게 한바탕 시달림을 당할 것을 미리 생각해서 어찌할 바를 몰라 풀이 죽어 버린 남자와 같은 표정을 하고 있었다. (생활을 두 여자와 나눠 갖는다는 게 불가능하다는 것을 노엘리가 남편에게 증명해 주었으면 좋겠다.)

남편은 좋다 나쁘다 대답이 없었다. 그저 환자들의 형편을 보아야 알

63

겠다는 말뿐이었다.

10월 27일 수요일

남편은 단연 이번 주말에는 파리를 떠날 수 없겠다고 내게 말했다. 그건 노엘리가 반대했기 때문이다. 나는 노발대발했다. 그리고 처음으로 남편 앞에서 울었다.

깜짝 놀란 그는 이렇게 나를 달랬다.

"울지 말아요. 누구 내 대신 일할 사람을 찾아보도록 할 테니까!"

결국 남편은 어떻게든 갈 수 있는 방도를 찾아보겠다고 약속했다. 그 역시 주말 휴가를 얻고 싶다는 것이었다. 정말인지 아닌지는 모르겠지만 한 가지 확실한 것은 나의 눈물이 남편의 마음을 움직였다는 사실이다.

나는 재교육 지도 센터의 면회실에서 마르그리트와 한 시간을 같이 보냈다. 마르그리트는 더는 못 참겠다는 눈치였다. 하루하루가 몹시 길고 지루한 모양이었다. 면회실의 입회인은 친절했지만 그녀도 허가 없이 마르그리트를 나와 함께 외출시킬 권한은 없었다. 품행상의 모든 보증은 내가 서겠다는데도 안 되는 것을 보면 아마도 어떤 사소한 실수 때문에 그렇게 된 것 같았다.

10월 28일 목요일

결국 우리는 토요일과 일요일에 파리를 떠나 있기로 했다.

"해결이 됐어!" 하고 남편은 개가를 부를 듯한 어조로 말했다.

그가 노엘리의 반대를 꺾은 것을 대단한 자랑으로 생각하고 있다는
게 겉으로 나타날 정도였다. 그건 지나친 자만이었다. 그것은 그들의 언
쟁이 몹시 격렬했음을 의미하며, 또한 노엘리가 모리스에게 대단한 존
재임을 의미하기도 한다.

그날 저녁 내내 남편은 흥분해 있었다. 보통 때 한 잔 마시던 위스키
를 두 잔씩이나 마셨으며 담배를 연거푸 피웠다. 그는 또 우리의 여정
을 계획하는 데 지나친 열의를 보였으며 나의 담담한 태도에 실망을
표시했다.

"왜? 당신 즐겁지 않소?"

"아뇨, 즐거워요."

그러나 사실상 나는 절반밖에 즐겁지 않았다. 노엘리가 남편의 인생
에 벌써 그처럼 많은 비중을 차지했단 말인가?

남편이 나를 주말 여행에 데리고 가는 데도 그 여자와 싸움을 해야 할
정도로?

그리고 나 자신도 그녀를 라이벌로 생각할 정도까지 되었단 말인가?

아니다. 나는 비난의 응수, 계산, 불신 행위, 승리, 패배 따위를 거부
한다.

나는 모리스에게 미리 통고할 참이다.

—— 난 당신을 놓고 결코 노엘리와 싸우진 않을 거예요.

11월 1일 월요일

그것은 과거와 대단히 흡사했다. 너무나 흡사해서 과거가 다시 되살아나는 것이 아닌가 생각될 정도였다.

우리는 안개 속을 헤치고 차갑고 희미하게 빛나는 태양 아래서 차를 타고 달렸다.

바르 르 뒤크에서, 생 미엘에서 우리는 다시 리지에 리쉬에의 작품들을 옛날과 똑같은 감동으로 지켜보았다.

남편에게.리쉬에의 작품들을 가르쳐 준 것은 나다. 그후로 우리는 여행을 꽤 많이 다니면서 많은 것을 보았지만 리쉬에의 작품 〈수척한 남자〉는 아직도 우리를 놀라게 했다.

낭시의 스타니슬라스 광장 철책 앞에서 나는 문득 가슴이 죄여오는 듯한 아픔을 느꼈다. 그것은 고통스러운 행복이었다. 그만치 나에게 행복은 아주 비정상적인 것으로 변모하고 만 것이다.

시골의 옛 길에서 나는 그의 팔짱을 꼬옥 끼었다. 이따금 남편은 한쪽 팔로 내 어깨를 감싸고 걸었다.

우리는 여러 가지 얘기를 했다. 하찮은 일에 대해서도 얘기했고 딸들에 대한 얘기도 많이 했다.

남편은 어째서 콜레트가 장 피에르와 결혼을 했는지 아직도 이해가 안 가는 모양이었다. 화학, 생물학…… 남편의 머릿속에는 콜레트의 빛나는 장래에 대한 구상이 있었던 것이다.

그래서 우리가 그 애에게 감정적인 면에서나 성적인 면에서나 완전한 자유를 주리라는 것을 콜레트 자신도 알고 있었을 것이다.

그런데 콜레트는 왜 저 평범한 남자에게 빠져 버리고 말았을까? 장래의 제 길을 희생하면서까지……

"그앤 지금의 생활에 만족하고 있는 걸요" 하고 나는 남편에게 말했다.

"난 그 애가 다른 면으로 만족했으면 했는데."

남편이 애지중지하던 뤼시엔이 우리 곁을 떠난 것을 그는 더욱 가슴 아파했다. 남편은 뤼시엔의 자립심에 결국은 동의를 했지만 속으로는 그 애가 파리에 남아서 의학을 전공하여 자기의 협력자가 되어 주기를 바랐던 모양이다.

"그렇게 되면 그앤 독립을 못했을 거예요."

"아니, 그렇지도 않지. 나하고 일을 같이 하더라도 그앤 자기 생활을 가졌을 거야."

무릇 아버지들이란 결코 자신이 바라는 딸을 가질 수는 없는 법이다.

왜냐하면 아버지들은 그들 나름대로 딸에 대한 어떤 영상을 가지고 있는데 그 영상대로 딸들이 의무적으로 순응해 주기를 바라기 때문이다.

그러나 어머니들은 있는 그대로의 딸들을 받아들인다.

콜레트는 무엇보다도 안정된 생활을, 그리고 뤼시엔은 자유를 필요로 했던 것이다. 나는 두 딸을 다 이해한다.

그들에게는 각기 제 나름대로의 생활 방식이 있다. 감수성이 예민하고 지극히 인간적인 콜레트, 그리고 정력적이며 재기 발랄한 뤼시엔 —— 나는 그 애들이 모두 훌륭하게 제 갈 길을 찾은 것이라고 생각한다.

우리는 20년 전에 들렀던 그 작은 호텔에 묵었다. 방도 —— 층은 틀리는지 모르지만 —— 꼭 같았다.

나는 먼저 자리에 들었다. 그리고 푸른 잠옷 바람에 맨발로 다 닳은 양탄자 위를 왔다 갔다 하는 남편을 바라보았다.

그에게는 즐거운 기색도 슬픈 기색도 없었다.

순간, 지난날의 영상이 내 눈을 가렸다 —— 까만 잠옷을 입고 맨발로 저 양탄자 위를 걸어다니던 모리스. 잠옷의 깃을 세워 얼굴만 빠끔히 내밀고 어린애처럼 흥분해서 두서없는 소리로 떠들어 대던 그의 모습.

그것은 백 번도 더 되살아나 이젠 굳어 버린 영상이 되었지만 그렇다고 낡고 희미해진 것이 아니라 여전히 신선하게 빛나는 영상이었다.

내가 여기 온 것도 지금 사랑에 빠져 제 정신이 아닌 이 남자를 되찾아 보겠다는 희망 때문이었음을 나는 깨달았다.

그때의 그 기억이 마치 투명하고 얇은 비단처럼 그의 모습을 항상 감싸고 있었지만, 벌써 여러 해째 나는 그때의 그 남자를 만나지 못하고 있는 것이다.

어젯밤 그때와 똑같은 배경 속에서 담배를 피우며 살아 움직이는 이 남자와의 접촉에서 지난날의 오래된 영상은 먼지가 되어 산산이 흩어지고 말았다. 나는 섬광 같은 어떤 계시를 받았다 —— '시간은 흘러가는 것이다' —— 눈물이 복받쳐 왔다.

남편은 침대 끝에 앉아 나를 다정하게 끌어안았다.

"여보, 울지 말아요. 울긴……"

그는 내 머리를 애무했다. 그리고 이마에 가벼운 키스를 몇 번이고 되풀이했다.

"아무것도 아녜요. 이젠 됐어요. 아무렇지도 않아요" 하고 나는 대답했다.

나는 기분이 좋아졌다. 방은 아늑한 어스름 속에 잠겨 있었다. 모리스의 입술과 손은 부드러웠다. 나의 입술이 그의 입술 위로 포개지고 나의 손은 그의 잠옷 윗저고리 속으로 미끄러져 들어갔다.

별안간 남편은 벌떡 몸을 일으키더니 나를 홱 뿌리쳤다.

"그렇게도 내가 싫어졌어요?" 하고 나는 중얼거렸다.

"여보, 바보 같은 소리 하지 말아요. 피곤해서 죽을 지경이란 말이오. 바깥 바람을 많이 쐬구 많이 걸어서 그런가 봐. 나는 좀 자야겠어."

나는 이불을 뒤집어썼다.

남편도 자리에 눕더니 불을 껐다.

나는 무덤 속에 있는 것만 같았다. 혈관의 피가 응고되어 버렸고 움직일 수도 울 수도 없었다.

무쟁을 떠난 후로 우리는 사랑의 행위를 한 적이 없다. 과연 그것을 사랑의 행위라고 부를 수 있을까?

나는 새벽 4시경에야 잠이 들었다. 내가 눈을 떴을 때 남편은 밖에 나갔다가 방 안으로 들어오는 길이었다. 물론 옷을 다 갖추어 입고.

그때가 9시경이었다.

남편에게 나는 어딜 갔다 오느냐고 물었다.

"한 바퀴 돌고 왔지."

그러나 밖에는 비가 내리고 있었으며 남편은 레인코트를 입고 있지 않았다. 그렇다고 옷이 젖어 있지도 않았다. 그는 노엘리에게 전화를 걸러 갔을 것이다. 노엘리가 전화를 하라고 요구했겠지. 그녀는 내가 비참한 주말을 모리스와 단둘이서만 지내도록 내버려 둘 아량조차 없는 여자인 것이다.

나는 아무 말도 하지 않았다.

하루가 더디게 지났다.

우리는 피차 상대방이 친절하고 즐겁게 보이려고 꽤나 애를 쓰고 있다는 것을 빤히 들여다보고 있었다.

우리는 저녁 식사를 파리로 돌아가서 먹고 그 다음에는 영화나 보고 하루를 끝내자는 데 의견을 모았다.

남편은 왜 나를 뿌리쳤을까? 내게는 아직도 길에서 치근덕거리는 남자가 있는가 하면 영화관에서는 내 몸에 무릎을 밀어대려는 남자도 있다.

나는 약간 몸이 불긴 했다. 그렇다고 아주 뚱뚱한 편은 아니다. 뤼시엔을 낳고 나선 유방이 탄력을 잃었지만, 그러나 10년 전만 해도 모리스는 나의 유방에 강한 흥분을 느꼈다.

그리고 재작년엔 킬랑, 그 사람은 나와 함께 자기를 얼마나 갈망했었는가?

아니, 모리스가 벌떡 일어선 것은 그가 육체적으로 노엘리를 잊을 수 없었기 때문이다. 남편에게는 노엘리 이외의 다른 여자와의 동침은 견딜 수가 없었던 것이다.

남편이 육체적으로 그토록 노엘리를 잊을 수 없다면, 그리고 또 그 여자에게 현혹되어 있다면 사태는 나의 상상 이상으로 심각한 것이다.

11월 3일 수요일

모리스의 친절이 내게는 고통스럽기까지 하다. 그는 낭시에서의 그날 밤 일을 뉘우치고 있었다.

그러나 그 이후로 남편은 절대로 내게 키스하지 않았다.

나는 더없이 비참해진 나 자신을 느낀다.

11월 5일 금요일

나는 조용한 태도를 유지했다.

그러나 그러자니 얼마나 많은 노력이 필요했던가?

다행히도 모리스가 이번 일은 사전에 미리 내게 알려 주었다.

(그가 무슨 말을 해도 소용이 없다. 곰곰이 생각해 보아도 그는 어떻게 해서든지 그녀가 오는 것을 막았어야 했을 것이다.)

나는 하마터면 집에 그대로 남아 있을 뻔했다. 그러나 남편이 나가자고 우겼다.

우리는 외출도 자주 하지 않는다. 그러니 그 칵테일 파티에 안 갈 이유도 없다.

내가 안 나타나면 사람들이 이상하게 생각하리라는 것이다. 아니면 내가 안 나타나는 이유가 너무나 명백하다고 생각되기 때문일까……

파티에서 나는 쿠튀리에 부부, 탈보 부부, 그리고 집에 자주 드나들던 사람들을 바라보며 생각에 잠겨 있었다.

저들은 이번 사건을 어느 정도나 알고 있을까. 노엘리는 모리스와 함께 저들을 이따금 초대하고 있을까……

탈보 씨와 모리스는 그다지 친하지는 않다. 그러나 물론 탈보 씨는 그날 밤 전화로 실수를 한 다음부터는 무엇인가가 내 배후에서 일어나고 있다는 것을 눈치챘을 것이다.

쿠튀리에 씨에게는 남편이 아무것도 숨기지 않는다. 나에게 공범자인 그의 목소리가 들려오는 것 같다.

―― 집에선 내가 자네하고 연구소에 있는 줄 알고 있어.

그리고 그 밖의 사람들은 눈치채고 있을까? 아, 나는 우리 부부를 퍽 자랑스럽게 생각해 왔는데. 이상적인 부부로.

우리는 사랑이 식지 않고 오랫동안 지속될 수 있다는 것을 실제로 보여 주었던 것이다.

그리고 나 자신 완전히 정결한 여인의 화신임을 수없이 다져 오지 않았던가!

그런데 그 모범적인 부부는 지금 산산조각이 나고 만 것이다! 아내를 속이는 남편과 남편의 거짓말에 버림받은 아내가 되고 말았다.

나는 이 수모가 노엘리 때문이라고 생각한다. 나로서는 좀처럼 믿어지지 않는 일이지만.

그 여자에게 매력을 느낄 수 없다는 얘기는 아니지만, 그러나 공평하게 말해서 얼마나 허세만 꾸며대는 여자인가! 생긋 웃는 가벼운 미소, 고개를 약간 갸우뚱하고 상대방의 얘기를 빨아들이듯 열심히 귀를 기울이는 몸짓, 그러다가도 갑자기 고개를 뒤로 젖히고 킬킬 웃는 귀여운 웃음. 그녀는 강하면서도 동시에 지극히 여성적인 여자이다.

모리스에 대한 그녀의 태도는 지난해 디아나의 집에서와 꼭 같았다.

서먹서먹하면서도 친밀한 태도. 그리고 모리스 역시 그때와 마찬가지로 바보같이 감탄하는 표정이었다. 그리고 지난해와 마찬가지로 멍청한 뤼스 쿠튀리에는 난처한 얼굴로 나를 쳐다보고 있었다.

(작년에 이미 모리스는 노엘리에게 끌리고 있었던 게 아닐까? 그게 겉으로까지 나타났던 것이었을까? 그때 모리스가 그 여자에게 탄복하고 있다는 것은 나도 느꼈지만 이렇게 심각한 사태로까지 되리라고는 미처 상상 못했다.)

나는 뤼스에게 재미있는 듯한 어조로 말했다.

"노엘리 게라르, 매력 있는 여잔데. 모리스의 눈도 꽤 괜찮군." 뤼스는 눈이 휘둥그레해졌다.

"아니, 그럼, 알고 계셨군요?"

"물론이죠."

나는 뤼스에게 다음주에 차 마시러 집에 오라고 초대했다.

나는 그 일을 누구누구가 알고 있고, 누구누구가 모르고 있으며, 또 그게 언제부터인지를 알고 싶었다.

그들은 나를 동정하고 있을까, 비웃고 있을까? 소갈머리 없는 생각일진 몰라도 나는 그들이 몽땅 죽어 버렸으면 좋겠다. 그들이 지금 내게서 그리고 있는 비참한 내 이미지를 깨끗이 지워 버리기 위해서.

11월 6일 토요일

모리스와의 이번 대화는 나를 당혹 속에 빠뜨렸다. 왜냐하면 그는 침착하고 우호적이며 선의를 가지고 대하는 것 같았기 때문이다.

어제 있었던 칵테일 파티 얘기를 다시 하다가, 나 역시 진정 선의에서 노엘리의 싫은 점을 그에게 말했다.

우선 나로서는 그녀의 변호사라는 직업이 마음에 안 들었다. 돈 때문에 어떤 사람을 변호한다는 것 —— 설령 변호받는 사람이 옳다 하더라도 —— 그건 부도덕한 일이다.

그 말에 남편은 노엘리가 퍽 호감이 갈 만한 방식으로 변호사라는 그녀의 직업에 종사하고 있다고 말했다. 이를테면 덮어놓고 아무 사건이나 맡지도 않을 뿐더러 부자에게는 막대한 사례금을 요구하지만, 한편 무료로 변호해 주는 사람들도 많다는 것이다.

그는 또 그녀가 이해타산을 너무 앞세운다는 얘기는 사실이 아니라고 말했다. 그녀의 전 남편이 변호사 사무실을 사는 데 돈을 댄 것은 사실이지만 그들은 이혼 후에도 피차에 우호적인 관계를 유지해 왔으니 돈을 대주어서 안 될 것도 없지 않느냐는 것이었다.

(하지만 그 우호적인 관계라는 것도 사무실을 살 돈을 전 남편에게 얻기 위한 것이 아니었을까?)

그녀는 출세에 혈안이 되어 있다 —— 그러나 출세도 그 방법을 가려서 하는 것이라면 비난받을 하등의 이유가 없는 게 아니냐고 남편은 내게 말했다.

얘기가 거기까지 이르자 나는 가만히 듣고만 있을 수가 없었다.

"당신, 입으로는 그렇게 말하지만 당신 자신은 세속적인 성공 같은 건 생각해 본 적이 한 번도 없잖아요?"

"내가 전문적인 연구에 나설 결심을 했을 때, 난 발전이 없는 내 생활에 너무나 싫증을 느꼈던 거요."

"하지만 처음엔 정체되지 않았잖아요?"

"지적으로는 정체 상태에 있었지. 나 자신 안에서 내가 할 수 있는 일들을 끌어낼 수 있는 상태와는 거리가 멀었으니까."

"그건 그랬을는지도 모르죠. 그렇지만 어쨌든 당신은 출세를 해보려는 욕심에서 행동한 건 아니었잖아요? 당신은 지적으로 발전하고 싶었고 학문적인 어떤 문제들을 개선해 보고 싶었던 거죠. 그건 돈이나 출세를 위한 문제는 아니었어요."

"변호사에게 있어서도 성공을 한다는 것은 역시 돈이나 세상의 평판만을 노린 것은 아니야. 보다 흥미있는 사건을 변호하게 된다는 거야."

나는 어쨌든 노엘리의 경우는 사교계에서 인기를 끄는 것이 절대로 더 중요한 일이 되고 있다고 말했다.

"그 여자는 일을 많이 하니까 긴장을 푸는 일도 필요한 거요"라고 남편은 응수했다.

"그렇다고 화려한 연회니 공연 초대연이니, 요즘 유행하는 나이트 클럽 같은 데를 노상 드나들 필요가 있을까요? 그건 좀 되어먹지 않은 것 같이 느껴지는데요."

"되어먹지 않다니, 뭐가? 기분 전환이 될 만한 일이란 다 그런 건데."

그 말에 나는 정말 기가 막혔다. 경박한 사교계 생활을 나 이상으로 싫어했던 그가 아니었던가!

"어쨌든 그 여자가 '진짜'가 아니라는 건 그 여자 얘길 오 분만 들어 보면 당장 알 수 있겠더군요."

"진짜라니…… 그건 또 무슨 소리요? 툭하면 그 소리들을 입에 올리는데."

"그 소린 당신이 제일 먼저 쓴 말 아녜요?"

그는 묵묵부답이다. 나는 그대로 밀고 나갔다.

"노엘리 생각을 하면 마리즈 언니가 연상되어요."

"아냐, 그건 달라."

"아니, 꼭 닮았어요. 낙조의 광경을 보려고 발을 멈춰 본 일은 절대로 없는 그런 부류의 인간들이죠."

남편은 웃었다.

"당신한테 말이지만, 그건 나 역시 마찬가지야."

"그런 소리 마세요! 당신도 나만큼이나 자연을 좋아하잖아요?"

"그건 그렇다고 칩시다. 하지만 어째서 세상 사람들이 모두 우리하고 똑같은 취미를 가져야만 한단 말이오?"

나는 그의 불성실한 그 말에 화가 나 대들었다.

"여보, 나 당신에게 한마디 미리 해두겠는데요. 난 당신을 사이에 놓고 노엘리와 싸우진 않을 거예요. 당신이 나보다 그 여자를 더 좋아하거나 말거나 그건 당신 마음대로예요. 난 싸우진 않을 거예요."

"싸우다니. 누가 그런 소릴 했소?"

나는 싸우지 않을 것이다. 그러나 갑자기 두려워졌다. 남편이 나보다 그 여자를 더 좋아한다는 일이 과연 있을 수 있을까? 그런 생각은 한 번도 해본 적이 없었다.

나는 알고 있다. 내게는 —— 그래, 진짜라는 말이 너무 유식한 티를 내는 표현이라면 그 말은 집어치우기로 하고 —— 노엘리가 가지고 있지 않은 어떤 자질이 있다.

"네겐 훌륭한 자질이 있다"고 아빠는 내게 자랑스럽게 말씀하셨지. 표현은 달랐지만 모리스 역시 그렇게 말했다.

사람을 평가하는 데 내가 무엇보다 중요하게 생각하는 것은 이 '자질'이다.

모리스나 이자벨의 경우도 마찬가지다. 그 점에 있어서 모리스의 생각은 나와 같은 것이다.

아니다. 그럴 리 없다. 모리스가 나보다도 노엘리 같은 불순한 다른 사람을 더 좋아한다는 것은 있을 수 없는 일이다.

그녀는 영어에서 말하는 '싸구려'이다. 하지만 나로서는 도저히 용납할 수 없는 많은 것들을 모리스가 받아들이지나 않을까 해서 마음이 불안해진다.

처음으로 나는 나와 남편 사이가 크게 벌어졌음을 실감했다.

11월 10일 수요일

그저께 나는 킬랑에게 전화를 걸었다. 아, 그것은 떳떳하지 못한 짓이었다. 나는 아직도 남자가 내게 관심을 가질 수 있는지를 확인해 보고 싶었던 것이다. 그것은 확인되었다. 그러나 그렇다고 그것이 내게 무슨 도움이 되겠는가? 그 때문에 나 자신에 대한 흥미를 좀더 회복한 것은 없었다.

나는 그와 동침할 결심은 전혀 되어 있지 않았다. 그렇다고 그러지 않겠다는 결심이 되어 있는 것도 아니었다.

화장하는 데 시간이 꽤 걸렸다. 욕조에 향료염을 넣고 발톱에 매니큐어도 발랐다. 얼마나 한심한 일인가!

2년 만인데 킬랑은 늙지 않았다. 그는 오히려 더욱 세련되어졌고 용모도 그전보다 더 매력적이었다.

나는 그가 그토록 미남이라고 생각해 본 일은 없었다. 그가 그토록 열심히 나를 초대하고 싶어했던 것이 그가 다른 여자들에게 인기가 없었던 때문이 아닌 것만은 분명하다.

그가 나를 초대한 것은 과거에 대한 추억 때문이었을 텐데 그래서 나는 몹시 두려웠다 —— 그가 나에게 환멸을 느끼지나 않을까 두려웠다. 그러나 그렇지는 않았다.

"한마디로 말해서 행복하신 거죠?"

"당신을 좀더 자주 만날 수만 있다면 행복할 거요."

팡테옹 뒤에 있는 즐거운 분위기의 어느 식당에서였다.

뉴올리언스의 옛날 레코드에 아주 재미있는 악사들, 괜찮은 레퍼토리만 부르는 가수들, 아나키스트 풍의 식당이었다.

킬랑은 홀 안에 있는 사람들과는 거의 다 아는 사이였다. 킬랑과 같은 화가들, 조각가, 음악가, 전반적으로 젊은 사람들이었다.

그 자신도 기타 반주로 노래를 불렀다. 그는 내가 좋아하는 레코드와 음식을 모조리 기억하고 있었다.

그는 내게 장미 한 송이를 사 주었다. 그는 여러 가지로 내게 친절하게 대해 주었다. 지금의 모리스에게서는 내게 대한 그런 친절은 거의 찾아 볼 수 없다는 것을 새삼스럽게 느꼈다.

킬랑은 또 이제는 내가 좀처럼 들을 수 없게 된 좀 쑥스러운 찬사 같은 말도 내게 했다. 내 손이며, 미소며, 목소리에 대해서……

나는 그 따스한 애정에 서서히 나 자신을 내맡겼다. 그 순간만은 모리스가 노엘리에게 미소짓고 있다는 사실을 잊을 수 있었다. 요컨대 내게 도 역시 미소를 주고받을 대상은 남아 있었던 것이다.

킬랑은 종이 냅킨 위에 자그맣고 예쁜 나의 초상화를 스케치했다. 그 것은 늙고 한물간 모습은 결코 아니었다.

나는 술을 약간 마셨다. 많이는 안 마셨다. 그래서 그가 나의 집에 가 서 한잔 마실 수 있겠느냐고 물었을 때 나는 승낙한 것이다. (모리스가 시골에 가고 없다는 얘기는 미리 해 두었다.)

나는 위스키를 담은 잔을 두 개 내놓았다. 그는 아무 행동도 내게 보이 지 않았지만 그의 눈은 내 눈치를 살피고 있었다. 모리스가 늘 앉아 있던 자리에 그가 앉아 있는 것을 보니 뭔가 잘못된 것같이 느껴졌다.

즐겁던 기분이 싹 가시고 몸이 오싹해 왔다.

"추우신 모양이죠? 난로에 불을 지펴 드려야겠군요." 킬랑이 후닥닥 난로 곁으로 허둥대며 가는 바람에 내가 몹시 좋아하던 작은 목각상 하나가 쓰러졌다. 그것은 내가 모리스와 함께 이집트에서 샀던 물건이 었다.

나는 외마디 소리를 질렀다. 목각이 깨어졌기 때문이다.

"고쳐 드릴게요. 아주 쉽게 고칠 수 있어요"라고 그는 말했다.

그러나 그는 놀란 얼굴이었다. 필경 내가 외마디 소리를 질렀기 때문일 것이다. 내가 소리를 너무 크게 질렀던 모양이다.

잠시 후에 나는 그에게 피곤하니 이젠 자야겠다고 말했다.

"그럼 언제 또 만날 수 있을까요?"

"전화 드릴게요."

"전화 안 하실걸요. 자, 지금 당장 약속해 둡시다."

나는 아무 날짜나 되는 대로 약속해 버렸다. 나중에 취소하면 되겠지.

킬랑은 돌아갔다. 나는 부서진 목각 조각을 양손에 하나씩 든 채 멍하니 앉아 있었다.

그러다가 나는 흐느껴 울기 시작했다. 내가 킬랑과 재회했다는 얘기를 모리스에게 하자 모리스의 얼굴에는 가벼운 경련이 지나가는 것 같았다.

11월 13일 토요일

매번 나는 이번에야말로 사건의 진상을 파악했다고 생각한다. 그러나 그때마다 의혹과 불행 속으로 더욱더 깊이 빠져 들어가는 것이다.

뤼스 쿠튀리에는 어린애처럼 쉽게 나의 손 안으로 들어왔다. 그녀가 너무 쉽게 내 뜻대로 끌려왔기에 일부러 그렇게 한 것이 아닌가 의심이 갈 정도였다. 그녀의 말에 의하면 모리스의 정사는 1년 이상 계속되고 있다는 것이다. 그리고 노엘리는 지난 10월에도 로마에서 모리스와 함께 있었다는 것이다.

이제야 니스 공항에서의 모리스의 얼굴 표정이 이해가 된다. 그 표정은 양심의 가책과 부끄러움과 탄로나지나 않을까 하는 두려움의 표현이었던 것이다.

사람들은 사건 후에야 뒤늦게 예감을 만들어 내는 경향이 있다. 그러나 그 점에 있어서는 나는 아무것도 새로 만들어 낸 것은 없다.

그러나 나는 무엇인가 막연하나마 냄새를 맡은 것이다. 왜냐하면 그때 비행기의 이륙이 내겐 몹시 고통스럽게 느껴졌기 때문이었다.

사람들은 말로는 꼬집어 표현할 수 없는 답답하고 불쾌한 기분을 입 밖에 내지 못한 채 그대로 지나치는 수가 있는 법이다. 그러나 그런 일들은 엄연히 존재하고 있는 것이다.

뤼스와 헤어지고 나서 나는 정처없이 한참 동안 걸었다. 나는 넋 빠진 사람 같았다.

이제야 깨달은 일이지만 처음에 모리스가 다른 여자와 함께 잤던 사실을 알았을 때 나는 그다지 놀라지 않았다.

내가 "사랑하는 여자라도 생겼어요?" 하고 물어 본 것은 전연 우연에서 나온 행동은 아니다.

남편의 기분전환 놀이며, 그가 자주 집을 비우는 일이며, 또 그의 차가운 태도에서 어떤 가정 —— 그것을 뚜렷한 형태가 아니고 막연하게 잠깐 나타났다가 곧 사라지기는 했지만 —— 이 은밀히 드러나고 있었던 것이다. 그렇다고 내가 그것을 예감이라도 하고 있었다면 그건 과장이 될 것이다. 하지만 어쨌든 그때 내가 기절할 듯이 놀라지 않았던 것만은 사실이다.

뤼스가 이야기를 들려 주는 동안 나는 나락으로 굴러 떨어져 상처투성이가 되어 버린 나 자신을 발견했다.

올 한 해는 모리스가 노엘리와 관계를 맺어왔다는 사실을 바탕으로 다시 돌이켜 보아야만 한다. 그건 오랜 정사인 게 확실하다.

우리가 이루지 못했던 알자스 여행. 그때 나는 남편에게 이렇게 말했었지.

"백혈병 치료를 위해서라면야 내가 희생을 감수해야죠."

불쌍한 바보! 남편을 파리에 붙잡아 둔 것은 노엘리였는데!

디아나의 집 만찬 때도 그들은 벌써 연인 사이였던 것이다.

뤼스는 그것을 알고 있었고, 그럼 디아나는? 디아나의 입을 열게 해봐야지. 이 연애가 훨씬 더 오래 전부터 계속되지 않았다고 누가 장담할 수 있겠는가?

디아나가 아는 바로는 노엘리는 2년 전 루이 베르나르와 함께 있었다는 것이다. 그러나 노엘리가 양다리를 걸쳤을는지도 모를 일이다. 매사를 가정 이외에는 세울 수 없게 되다니 얼마나 서글픈 노릇인가! 그것도 나와 모리스와의 문제를!

물론 친구들은 모두가 그 사실을 알고 있었던 것이다! 아, 하지만 그런 건 아무래도 좋다. 다른 사람이 어떻게 생각하든 그런 것을 걱정할 처지는 이미 아니다. 나는 송두리째 완전히 당한 것이다.

다른 사람들이 내게서 그리는 이미지 —— 그런 것은 아무래도 좋다. 문제는 어떻게 헤쳐 나가느냐에 있다.

"우리 사이에 변한 건 하나도 없어요."

그 말에 나는 얼마나 터무니없는 환상을 그렸던가? 그 말은 남편이 1년 전부터 나를 속여 왔으니 이제 와서 새삼스레 변할 것은 아무것도 없다는 말을 하고 싶었던 것일까? 아니면 남편은 아무것도 말하고 싶지 않았던 것일까?

남편은 왜 내게 거짓말을 했을까? 내가 진실을 감당해 낼 수 없을 거라고 생각했던 때문일까? 아니면 남편은 부끄러워하고 있었던 것일까?

그렇다면 왜 그 얘기를 내게 했을까? 그것은 필경 노엘리가 모리스와의 비밀 생활에 지쳐 버렸기 때문일 것이다.

어쨌든 나에게 닥쳐온 이 사건은 무서운 것이다.

11월 14일 일요일

아! 차라리 침묵을 지키고 있었던 편이 나았을는지도 몰랐다. 그러나 나는 모리스에게는 아무것도 숨겨 본 일이 없었다. 어쨌든 중요한 것은……

나는 그의 거짓말과 나의 절망을 가슴속에 가두어 둘 수는 없었다.

그러나 남편은 내 말에 책상을 치면서 소리쳤다.

"그건 모두 악질적 중상 모략이야!"

그의 얼굴은 나를 몹시 놀라게 했다. 나는 그의 그런 성난 얼굴을 잘 알고 있으며, 또 좋아하고 있다. 사람들이 그에게 타협을 요구할 때면 그의 입가에는 경련이 일어나며 눈매가 매서워진다.

그런데 이번에는 그가 화를 낸 대상이 바로 나였던 것이다. 꼭 나였다고는 할 수 없을지 모르지만 거의 나 때문이었다.

아니, 노엘리는 로마에 모리스와 함께 있지 않았다는 것이다.

8월 전에는 그녀와 함께 잔 일이 없으며 이따금 만난 일은 있으니까

두 사람이 함께 있는 것을 누가 보았을 가능성은 있다.

그러나 그런 건 중요한 일이 아니었다.

"아무도 당신들을 본 사람은 없어요. 당신이 쿠튀리에에게 당신 입으로 실토한 것을 그 사람이 자기 부인 뤼스에게 다 얘기한 거죠."

"난 노엘리와 만났다는 얘기는 했지만 같이 잤다는 얘기는 안 했소. 뤼스가 제 맘대로 얘기를 꾸며 낸 거지. 당장이라도 쿠튀리에에게 전화를 걸어 봐요. 그래서 그 사람에게 진짜 사정을 물어 보란 말이오."

"그럴 수야 없다는 것을 당신은 알고 있지 않아요?"

나는 그만 울어 버렸다. 울지 않겠다고 스스로 다짐을 해놓았지만 울고 말았다.

나는 이렇게 말했다.

"나한테 모든 걸 얘기하는 편이 차라리 나아요. 내가 사태를 제대로 알아야만 어떻게든 극복해 나갈 수 있을 것 아녜요? 그런데도 진실은 하나도 모르면서 매사를 의심만 해야 한다는 건 견딜 수 없는 일이에요. 만일 정말로 당신이 노엘리를 그냥 만나기만 하고 다른 일이 없었다면 그걸 왜 내게 숨겼죠?"

"좋아, 그럼 모든 걸 다 얘기해 주리다. 그러니 내 말을 믿어 줘야 해요. 작년에 세 번 노엘리하고 같이 잤소. 그렇지만 그건 심각하다고 말할 수 있는 정도는 결코 아니었소. 그리고 로마에선 그 여자와 같이 있지 않았소. 내 말을 믿겠소?"

"모르겠어요, 당신이 워낙 거짓말을 해왔기 때문에."

그는 절망적인 몸짓을 했다.

"그럼 내가 어떻게 해야 당신이 납득을 하겠소?"

"이젠 어떻게 해도 안 될 거예요."

11월 16일 화요일

집으로 들어오면서 웃는 얼굴로 "잘 잤소? 여보" 하며 내게 키스를 해 줄 때는 그건 모리스이다. 거기엔 그의 몸짓, 그의 얼굴, 그의 체온, 그의 냄새가 있다. 그리고 그의 존재를 느끼는 순간 내 마음은 최상의 감미로 움에 젖는다.

그런 상태로 만족하며 그 이상은 알려고 들지 않는 것…… 나는 디아 나를 이해할 것도 같다. 하지만 나로서도 어쩔 수가 없다.

나는 사실 그대로를 알고 싶다.

우선 남편이 저녁때 연구소엔 정말 몇 시에 나가고 있을까? 노엘리의 집엔 언제 가는 걸까? 전화로 알아볼 수는 없다. 내가 전화를 해본 것을 남편이 알게 될 것이며, 그렇게 되면 그는 화를 내겠지. 그럼 뒤를 밟아 보면? 차를 한 대 빌려서 그의 뒤를 밟아 볼까? 아니면 단지 그의 차가 어디에 있는지만 확인해 볼까? 그건 추하고 야비한 짓이다.

그러나 난 좀더 사태를 명확히 알아보고 싶다.

디아나는 자신은 아무것도 모른다는 것이었다. 나는 노엘리가 스스로 입을 열도록 해보라고 부탁했다.

"그 여자 얼마나 약다구요. 아무 얘기도 안할걸요."

"당신은 나를 통해서 그 여자와 모리스와의 관계를 알고 있잖아요? 그러니까 당신이 그 여자한테 그 문제를 꺼내면 그 여잔 무슨 소리건 대답을 안 할 수는 없을 거예요."

하여튼 노엘리에 대해서 여러 가지로 알아보겠노라고 디아나는 내게 약속했다.

그 두 여자는 교제 범위가 서로 같은 처지다.

모리스의 눈에 노엘리의 가치가 형편없이 떨어져 보일 만한 일이 발견되었으면 좋겠는데!

뤼스 쿠튀리에는 다시 끌어내 보았자 소용이 없을 것이다. 모리스가 분명 그녀의 남편을 통해서 한마디 했을 테니까. 그리고 내가 뤼스를 또다시 만나면 그 사실을 그녀의 남편은 모리스에게 이를 것이다……

안 되지. 그건 서투른 짓이 되고 말 거야.

11월 18일 목요일

내가 처음으로 모리스의 동정을 살피기 위해 연구소로 갔을 때 차는 주차장 안에 있었다. 두번째 갔을 때는 차가 없었다.

나는 택시로 노엘리의 집까지 갔다. 집은 이내 찾았다. 아, 얼마나 큰 충격이었던가!

나는 우리 차를 좋아했다. 그것은 충실한 가축과도 같았으며 따스하게 마음을 안심시키는 존재였다.

그런데 그 차가 별안간 나를 배신하는 데 사용되고 있다니! 나는 그 차가 미워졌다.

나는 어느 집 대문 그늘에서 넋이 나간 사람처럼 멍하니 서 있었다. 남편이 노엘리의 집에서 나오면 불쑥 그의 앞에 나타날 작정이었다. 그런 짓은 남편을 화나게 할 뿐이다. 하지만 마음이 하도 산란해 있어서 나는 무슨 일이건 아무 짓이라도 안 하고 배길 수 없었다.

나는 나 자신에게 타일렀다. 그리고 이렇게 생각했다.

──남편은 나를 아끼는 마음에서 거짓말을 하고 있다. 그에게 나를 아끼는 마음이 있다면 그는 나를 소중히 생각하고 있는 것이 된다. 내게 신경조차 쓰지 않고 있다면 어떤 의미에서는 그것이 더 심각한 문제일 것이다.

나 자신을 이 정도로 겨우 설득시키는 데 성공했을 때 나는 또다시 충격을 받았다. 그들이 함께 나오는 것이 아닌가.

나는 몸을 숨겼다. 그들은 나를 보지 못했다. 그들은 큰길을 걸어서 비어홀 앞까지 올라갔다. 팔을 끼고 웃으면서 빠른 걸음으로 걸어갔다.

나는 그 두 사람이 팔을 끼고 웃으면서 걸어가는 모습을 백 번이라도 상상해 볼 수 있었을 것이다. 그러나 사실은 상상해 본 적은 없다. 침대 속의 그들을 상상할 수도 없었다. 그럴만한 용기는 없었다. 게다가 상상하는 것과 실제로 보는 것과는 다른 법이다.

몸이 떨리기 시작했다. 추웠지만 나는 벤치에 앉았다. 꽤 오랫동안 떨고 있었다.

집으로 돌아오자 곧 자리에 누웠다. 남편이 밤 12시에 돌아왔을 때도 나는 자는 척하고 있었다.

그러나 어젯밤 남편이 "연구소에 가야겠다"고 말했을 때 나는 이렇게 물었다.

"정말?"

"물론이지."

"하지만 토요일엔 노엘리네 집에 있었잖우."

남편은 싸늘한 눈초리로 나를 쳐다보았다. 그것은 분노의 눈길보다 더욱 무서운 눈길이었다.

"당신은 내 뒷조사를 하고 있군!"

나는 눈물이 핑 돌았다.

"내 인생과 내 행복이 걸려 있는 문제예요. 난 사실을 사실대로 알고 싶어요. 그런데 당신은 계속 거짓말만 하고 있잖아요?"

"싸우고 싶지 않아서 그래" 하고 남편은 참을 수 없다는 표정으로 내뱉었다.

"난 싸우려는 게 아녜요."

"아니라니?"

그는 우리가 그 문제를 놓고 얘기하는 것을 모두 싸움이라고 부르고 있다.

그래서 나는 마침내 그 말에 항의하게 되었고 언성이 높아져 싸움이 되고 말았다.

나는 로마 얘기를 또 들고 나왔다. 그는 또다시 부인했다. 노엘리가 로마엔 안 갔었단 말인가? 아니면 반대로 그녀 역시 주네브에 있었단 말인가?

사실을 모르고 있다는 점이 나를 괴롭히고 있다.

11월 20일 토요일

부부 싸움, 그렇지 않다.

하지만 나는 서투르기 짝이 없다. 자신의 감정을 제대로 가눌 수가 없으며, 남편에게 한다는 말은 그의 역정만 살 뿐이다. 솔직히 말해서 남편이 어떤 의견이라도 비치면 나는 번번이 그 뜻에 반대를 하고 나섰다. 노엘리의 입김을 받은 것인가 아닌가 해서…… 사실 나는 오프 아트(Op'art)에 대해 반대할 뜻은 없다. 그러나 그 '시각의 사디즘' 을 따르는 모리스의 자기 만족에 대해 나는 비위가 상했다.

그 전람회를 모리스에게 알려 준 것은 물론 노엘리였다.

어리석게도 나는 그런 건 그림이 아니라고 우겨댔다. 그런데도 남편이 그의 고집을 내세우자 나는 그를 공박했다. 유행이란 유행을 다 쫓아다닌다고 다시 젊어지는 줄 아느냐고.

"당신 그렇게 화까지 낼 건 없잖소?"

"당신이 하도 유행만 쫓느라고 비판 정신을 잃어버리니 화가 나지요."

남편은 아무 대답도 하지 않고 어깨만 으쓱해 보였다.

마르그리트와 만났다.

그리고 콜레트와 오랜 시간을 함께 지냈다. 그러나 거기에 대해서는 아무 할 말이 없다.

11월 21일 일요일

모리스와의 관계에 대해서 노엘리는—— 별로 미덥지 않은 디아나의
말에 의하면——허튼 소리밖에는 하지 않더라는 것이었다.

이런 사태는 어느 누구에게건 불쾌한 상태겠지만, 마침내는 어떤 균
형에라도 도달하게 마련인 것이다. 나는 확실히 괜찮은 여자임에 틀림
없는데도 남자란 다양성을 좋아하는 법이다.

노엘리는 장래에 대해서 어떤 생각을 가지고 있을까? 그녀는 이렇게
대답했다고 한다.

"때가 오면 알게 되겠지."

노엘리는 경계하고 있었던 것 같다. 디아나는 내게 그 여자에 관한
얘길 하나 들려 주었다. 그러나 그것은 이용하기에는 너무 모호한 얘기
였다.

노엘리가 지금 변호사 협회로부터 까닥하다간 고소당할 형편에 놓여
있다는 얘기이다. 왜냐하면 그녀가 교묘한 수단으로 동료 변호사의 고
객의 신용을 얻어내어 그 굵직한 고객으로 하여금, 이미 위임했던 사
건의 청탁을 동료 변호사와 해약하고 그녀에게 위임토록 종용했기 때
문이다.

그런 방식은 재판소에서는 용납될 수 없는 행동으로 간주되고 있는데
노엘리는 그런 짓을 늘 예사로 하고 있다는 것이다. 하지만 모리스는 그
런 얘길 근거 없는 '소문'으로 돌릴 것이 뻔하다.

나는 남편에게 노엘리의 딸이 엄마가 자기를 잘 돌봐 주지 않는다고
불평하는 모양이더라고만 말해 주었다.

"그 나이의 계집애들이란 모두 엄마에게 불평을 하는 거 아니오? 당신도 뤼시엔하고 갈등이 있었던 걸 생각해 보구려. 사실 말이지 노엘리는 딸아이에게 무관심하게 대하고 있는 게 아니에요. 그 여자는 딸에게 혼자서 모든 걸 해결해 나갈 수 있도록, 또 자기 힘으로 살 수 있도록 가르치고 있는 거지. 노엘리 생각이 옳아요."

그것은 우리집 마당에 돌을 던지는 것이나 다름없는 말이었다. 남편은 툭하면 내가 아이들을 너무 싸고 돈다고 빈정거렸다. 그 때문에 우리 부부는 몇 번인가 싸운 일까지 있었다.

"그래, 그앤 자기 엄마 침대에서 외간 남자가 자고 가도 아무렇지도 않은가 보죠?"

"아파트가 넓고 또 노엘리가 끔찍히 조심을 하니까. 하긴 그 여잔 이혼 후에는 자기 사생활에 남자들이 있다는 걸 딸한테 숨기지 않더군."

"엄마가 딸한테 별 우스운 비밀을 다 털어놓는군요. 그래 당신은 솔직히 말해서 그런 게 조금도 거슬리게 생각되지 않는단 말이에요?"

"아니."

"난 콜레트나 뤼시엔하고 그런 식의 모녀 관계는 상상도 못했을 거예요."

그 말에 남편은 아무 대꾸도 하지 않았다. 그의 침묵에는 분명 노엘리의 교육 방법이 나의 교육 방법과 똑같이 가치가 있다는 뜻이 포함되어 있었다.

나는 자존심이 상했다. 노엘리는 딸의 이익을 위해 염려하는 게 아니라 자기 자신을 위해 편리하게 살고 있음이 분명하다. 나는 항상 그 반대로 생활해 왔는데.

"결국 노엘리가 하는 일은 모두 옳다는 말이군요" 하고 나는 말했다.

남편은 참을 수 없다는 듯한 몸짓을 했다.

"여보, 제발 말끝마다 노엘리를 들먹거리지 말아요!"

"어떻게 안 할 수가 있어요? 그 여자가 당신 생활 속에 자리 잡고 있고, 당신 생활은 엄연히 나와 관련이 있는 건데 말이에요."

"내 생활에 대해 당신이 관심을 가지고 있는 것도 있지만 그렇지 않은 것도 있지 않소?"

"그건 또 무슨 소리죠?"

"내 직업과 관계되는 생활 말이오. 내 보기엔 당신이 그런 것엔 별로 개의치 않는 것 같은데, 당신 그런 문제에 대해선 한 번도 얘기한 일이 없지 않소?"

그것은 부당한 반격이었다.

남편의 일이 지금은 전문적으로 깊이 진전되어 있어서 나로서는 도저히 파고들 수 없는 경지에 이르고 있음을 그는 익히 알고 있는 터이다.

"그 문제야 내가 어떻게 왈가왈부나 할 수 있겠어요? 난 당신이 하는 연구에 대해 전혀 지식이 없으니 말이에요."

"대중을 상대로 쓰는 내 기사도 안 읽지 않소?"

"난 과학으로서의 의학엔 아직 별로 크게 흥미를 느껴 본 적이 없어요. 내가 열중할 수 있었던 것은 환자들과의 살아 있는 관계였지요."

"아무리 그렇더라도 내가 하는 일에 관심은 가져 줄 수 있어야 하지 않소?"

그 목소리에는 원망이 깃들어 있었다. 나는 다정하게 웃으며 말했다.

"그건 내가 당신을 사랑하고 있고, 또 당신이 할 수 있는 모든 것 이상으로 당신을 평가하고 있으니까 그런 거죠. 난 당신이 위대하고 유명한 학자가 된다 하더라도, 그리고 그 밖의 모든 게 된다 하더라도 놀라지 않을걸요. 당신이 꼭 그렇게 될 수 있으리라고 믿고 있으니까요. 하지만 나는 그런 것들이 당신을 높게 평가하는 것으로는 보지 않아요. 내 말 못 알아들으시겠어요?"

남편도 미소를 띠었다.

"왜 못 알아들어?"

내가 그의 직장생활에 무관심하다고 그가 불평을 한 것은 이번이 처음은 아니었다. 그리고 지금까지는 그런 것이 그의 역정을 사고 있다는 게 불만스럽지는 않았다.

그런데 돌연 나는 그런 무관심이 실수였음을 깨달았다.

노엘리는 남편의 기사를 읽는다. 그리고 고개를 약간 갸우뚱하고 입술에는 감탄 어린 미소를 띄우며, 그 기사에 대한 자기의 의견을 열심히 늘어놓을 것이다.

하지만 그렇다고 이제 와서 어떻게 내 태도를 바꾼단 말인가? 그건 너무나 속이 빤히 들여다보이는 짓이 아닌가? 이번 얘기는 처음부터 끝까지 나로서는 괴로웠다.

노엘리가 좋은 엄마일 수는 없다. 그처럼 정이 메마르고 냉혹한 여자가 내가 내 딸들에게 쏟았던 애정 같은 것을 자기 딸에게 쏟을 리는 없기 때문이다.

11월 22일 월요일

노엘리의 영역 안으로 들어가서 그의 흉내를 내려들면 안 된다. 나는 내 영역 안에서 싸워야 한다. 모리스는 자신을 시중들기 위한 나의 갖가지 마음 씀에 늘 민감한 반응을 보여 주었다. 그런데 지금 나는 그를 돌보지 않고 있다.

하루 종일 나는 옷장 서랍을 정리했다. 여름옷은 완전히 챙겨 두고 겨울옷에서도 나프탈렌을 꺼내 바람을 쏘인 다음 그 명세서를 만들었다.

내일 나는 남편에게 필요한 양말과 스웨터, 그리고 잠옷을 사러 나갈 것이다. 그 밖에도 남편에겐 좋은 구두가 두 켤레는 필요할 것 같다.

구두는 남편에게 틈이 날 때 함께 나가서 골라야겠다.

벽장 속의 물건들이 모두 제자리에 가득 챙겨져 있다는 것은 흐뭇한 일이다.

풍부하고 안정된 생활…… 차곡차곡 겹쳐 쌓여 있는 얇은 손수건, 양말, 스웨터 등이 그득한 것을 보면 미래가 나를 배반할 수는 없을 것 같은 느낌이 들었다.

11월 23일 화요일

나는 창피해서 병이 날 지경이다. 진작에 생각이 거기까지 미쳤어야 했던 것이다.

점심을 먹으러 집에 들어온 모리스는 기분이 언짢을 때의 얼굴을 하고 있었다.

들어서자마자 그는 내게 내뱉듯이 말했다.

"당신 친구 디아나를 믿다니 그게 말이나 되오? 그 여자가 노엘리의 뒷조사를 하느라고 변호사들이랑 자기와 노엘리를 다같이 아는 사람들을 찾아다닌다는데. 그 얘길 누가 노엘리한테 하더라는 거요. 그뿐이 아니야. 그 여잔 당신이 부탁해서 그런 짓을 하는 거라고 사방에다 얘길 했대요."

나는 얼굴이 화끈 달아올랐다. 속이 상했다.

남편이 나를 비판해 본 적은 아직 한 번도 없었다. 그는 내게 안정감을 주어 왔다.

그런데 나는 지금 그의 앞에서 스스로의 죄를 인정하고 있다. 얼마나 비참한 일인가!

"난 다만 노엘리가 어떤 여잔지 알고 싶다고만 말했을 뿐이에요."

"남의 입방아에 오르느니보단 차라리 나한테 묻는 게 좋았을 걸 그랬소. 당신은 내가 노엘리를 똑바로 보지 못한다고 생각하는 모양이지? 그건 당신 오해요. 난 그 여자의 장점도 알고 있지만 단점도 다 잘 알고 있어요. 내가 뭐 사랑에 빠진 고등학생인 줄 아오?"

"하지만 당신 의견이 그다지 객관적이라곤 생각되지 않아요."

"그럼 당신은 디아나나 그 여자의 친구들은 객관적이라고 생각하오? 그 여자들은 악의로 뭉쳐져 있는 사람들이오. 필경 그 여자들은 당신 얘기도 좋게 안할 걸."

"좋아요. 그럼 디아나에게 입 다물고 있으라고 내가 가서 이르죠."

"그러는 게 좋을 거요."

남편은 애써 화제를 바꾸었다. 우리는 피차 예의를 갖추면서 얘기했다.

그러나 창피스러운 생각 때문에 속이 부글부글 타고 있었다. 나는 스스로 남편한테 신망을 잃은 것이다.

11월 26일 금요일

모리스와 함께 있으면 마치 재판관 앞에라도 선 듯한 기분이 드는 것은 어쩔 도리가 없다. 그는 입 밖에 내지는 않으나 나에 대해서 여러 가지 생각을 하고 있다. 그 생각을 하면 눈앞이 아찔해진다.

전에는 나 자신의 모습을 그의 눈 속에서 평온한 마음으로 바라볼 수 있었는데——나는 나 자신의 모습을 오직 그의 눈길을 통해서만 볼 수 있었다. 그 속에 비친 내 모습은 어쩌면 실제보다 너무 미화된 연상이었을지도 모르지만, 나는 대체로 그게 나 자신의 모습이라고 인식하고 있었다.

그러나 지금은 의문이다. 남편은 어떤 인간으로 나를 보고 있는 것일까? 그는 나를 비열하고 질투심 강하고 조심성 없고 불성실한——내가 그의 뒷조사를 했으니까——여자로 생각하고 있을까? 그건 부당하다.

남편은 그처럼 많은 것을 노엘리에게 넘겨 주고서도 그녀에 대한 불안에서 나온 나의 호기심을 이해해 줄 수 없단 말인가? 나는 뒷공론이라는 것은 질색이다. 그러한 내가 뒷공론의 씨를 뿌렸다니. 그건 그렇다 치자. 하지만 나로서도 변명할 여지는 얼마든지 있다.

더구나 그때 이후로 남편은 전혀 그 얘기를 입에 올린 일이 없었다. 그는 매우 친절하게 나를 대한다. 하지만 전처럼 솔직하게 속을 털어놓지 않고 있다는 것을 나는 느낀다. 이따금 그의 눈길에서는 반드시 동정이라고는 말할 수 없지만 가벼운 조롱 같은 것이 엿보이는 것 같았다. (내가 킬랑과 외출했던 얘길 했을 때 나를 힐끗 쳐다보던 그 묘한 눈초리.)

그렇다, 내 속을 꿰뚫어 보며 내가 애처롭고도 약간 어처구니없다는 듯한 눈초리였다. 이를테면 내가 슈톡하우젠을 듣고 있는데 그는 불쑥 나타나더니 형용할 수 없는 말투로 "야, 당신 현대 음악에 열중하고 있군 그래!" 하고 한마디 던진다든가 하는 그런 식이었다.

"이자벨이 자기가 좋아하는 레코드를 몇 장 보내 왔어요."

"그 여자가 슈톡하우젠을 좋아하나? 그건 금시초문인데."

"그래요. 최근에 그렇게 된 거예요. 취미가 바뀔 수도 있으니까요."

"그래, 당신도 그게 좋소?"

"아뇨, 뭐가 뭔지 모르겠는데요."

남편은 웃었다. 그리고 나의 정직한 말에 안심이라도 한 듯이 내게 키스했다. 실은 나의 정직은 계산된 것이었다. 내가 왜 그 음악을 듣고 있는지를 남편이 알고 있다는 것을 나는 눈치챘기 때문이다. 그리고 내가 그 음악을 좋아한다고 말해 봤자 남편은 믿지도 않았을 것이다.

그 결과 나는 최근에 읽은 '누보 로망' 중에서 몇 권은 마음에 들었지만 거기에 대해서도 나는 남편에게 얘기할 용기가 나지 않았다.

그러면 남편은 대뜸 내가 노엘리에게 지지 않으려고 안간힘을 쓴다고 생각할 테니까. 딴 속셈을 가지고 대하기 시작하니 아, 모든 것이 얼마나 복잡해지는지!

디아나를 만나 영문을 물었지만 그녀의 해명은 석연치가 않다. 나 때문에 뒷조사를 한다는 말은 결코 안 했다는 것이다. 자기 아이들의 목숨을 걸고 맹세할 수 있다나.

그렇다면 노엘리 자신이 추측해 낸 얘기임에 틀림없을 것이다. 디아나는 어느 친구에게 이런 말을 한 것은 시인했다.

"그래, 난 지금 노엘리 게라르에게 흥미를 느끼고 있어."

하지만 그것은 내게 화를 미칠 정도의 말은 아니었다. 디아나의 솜씨가 능란하지 못했던 건 사실이었다. 나는 디아나에게 이제 그 문제는 잊어 달라고 부탁했다. 디아나는 자존심이 상한 것 같았다.

11월 27일 토요일

자기 자신을 자제하고 몸가짐을 삼가는 것을 나는 배워야 한다.

그러나 내 성격에는 그런 면이 거의 없다. 나는 솔직하고 투명하고 침착한 여자였는데—— 그러나 지금의 내 마음은 불안과 원망으로 가득 차 있다.

식사가 끝나자마자 이내 잡지를 펴드는 남편을 보고 나는 생각했다.

—— 노엘리의 집에서는 저러지 않겠지.

생각이 거기에 미치자 나는 또다시 자제력을 잃고 남편에게 쏘아붙였다.

"노엘리의 집에서 이러지 않을 것 아녜요?"

순간 남편의 눈이 번득였다.

"어떤 기사를 하나 잠깐 훑어보려던 거요."

그리고는 다시 침착한 어조로 말했다.

"아무것도 아닌 일에 그렇게 신경을 곤두세우지 말아요."

"그게 어디 내 탓인가요? 매사가 다 신경을 곤두세우게 만드는걸요."

잠시 침묵이 흘렀다.

저녁 식사를 하면서 나는 남편에게 오늘 하루에 있었던 일들을 이야
기했지만 실은 아무 할 말이 없었다.

남편이 애써 입을 열었다.

"당신 와일드의 《서간집》 다 읽었소?"

"아뇨, 계속해 읽지 않았어요."

"재미있다고 그러지 않았소?"

"와일드의 《서간집》 같은 건 지금 내겐 관심도 없고 더구나 와일드의
《서간집》에 관해 당신하고 이야기하고 싶은 생각은 조금도 없어요."

나는 레코드 상자로 레코드 한 장을 뽑으러 갔다.

"당신이 가져온 칸타타 들을까요?"

"좋지."

나는 오랫동안 그 음악을 듣고 있을 수는 없었다.

목구멍으로 울음이 복받쳐 올랐다. 음악은 이젠 도망칠 구실밖엔 되
지 않았다.

우리에게는 이미 서로 이야기할 화제가 없었던 것이다. 우리는 둘 다
남편이 말하고 싶지 않은 한 가지 얘기에만 사로잡혀 있었으니까.

남편은 참을성 있는 목소리로 내게 물었다.

"왜 우는 거요?"

"왜라니, 당신이 나하고 있으면 지루해 하니까요. 우린 이제 서로 대화가 되지 않는군요. 당신이 우리 사이에 담을 쌓아 놓은 거죠."

"담을 쌓아 놓은 건 당신이오. 당신이 계속 불만만 털어놓으니까 그런 것 아니오?"

날이 갈수록 나는 남편의 역정만 더 돋우고 있다. 그러고 싶지는 않았건만. 그러면서도 내 마음속 한 구석에서는 그러기를 바라고 있었다.

남편이 명랑하고 태평스러워 보일 때면 나는 이런 생각을 한다.

——이건 너무 편안하군.

그리고 그의 평온을 깨뜨릴 수만 있다면 나로선 어떤 구실이라도 좋았다.

11월 30일 월요일

나는 모리스가 아직 스키 얘기를 하지 않는다는 데 대해 이상하다고 생각했다.

어젯밤 영화를 보고 돌아오는 길에 나는 남편에게 올 겨울엔 어디로 가고 싶으냐고 물었다. 그랬더니 남편은 아직 생각해 보지 않았노라고 어물어물 대답을 피했다. 수상쩍은 생각이 들었다.

나도 이젠 냄새를 맡을 줄 알게 된 것이다. 그건 그리 힘들지도 않았다. 항상 수상한 점이 엿보였으니까.

나는 다그쳐 물었다. 남편은 내게 눈길을 주지 않고 빠른 어조로 중얼거렸다. "당신 좋은 대로 가요. 그런데 미리 말해 두겠는데 난 노엘리하고 쿠르슈블에 며칠 다녀와야겠소."

나는 항상 최악의 사태를 예상하고 있었지만 언제나 내가 예상한 이상의 나쁜 사태가 일어나는 것이다.

"며칠이나요?"

"한 열흘."

"그럼 나하곤 며칠이나 같이 지내시려구요?"

"열흘쯤."

"그렇다면 그건 너무하잖아요? 우리 휴가의 절반이나 노엘리에게 떼어 주다니 말이에요!"

나는 분한 나머지 말이 나오지 않았다. 겨우 한마디씩 또박또박 말했다.

"나한텐 말 한마디 없이 둘이서 결정했나 보죠?"

"아니, 노엘리에겐 아직 얘기하지 않았소"라고 남편은 대답했다.

나는 말했다.

"그럼 그대로 두면 되지 않아요! 그 여자에게 말하지 말고."

남편은 가라앉은 목소리로 말했다.

"열흘은 노엘리와 같이 지내고 싶소."

그 말에는 노골적인 협박이 풍겼다. 그 열흘을 자기에게 주지 않는다면 산에서 보낼 우리의 겨울 휴가는 지옥 같을 거라고 말한 것이다.

그러한 협박에 내가 굴복하고 말 것이라고 생각하니 내 속은 뒤집혔다.

양보라면 이젠 진저리가 난다! 양보를 해봤자 내게 아무 소득도 없으며 나 자신이 역겨워질 뿐이다.

매사를 똑바로 보아야 한다. 이건 한낱 정사가 아니다. 남편은 자신의 인생을 둘로 나누고 있을 뿐더러 그 중에서 나쁜 쪽이 내 몫인 것이다. 이젠 넌더리가 난다. 이따가 남편에게 이렇게 말하리라—— 그 여자든 나든 어느 한쪽이라야 해요.

12월 1일 화요일

역시 내 생각이 틀리지 않았다. 내가 책략에 걸려든 것이다.

남편은 전면적인 고백을 할 단계에 이르기까지 마치 투우사가 투우를 지치게 하듯 나를 지치게 만든 것이다. 고백 그 자체가 바로 책략인 수상한 고백이었다. 남편을 믿어야 할 것인가? 지난 8년 동안 난 장님은 아니었다. 그런 후인데 남편은 자기가 한 말이 거짓이었다고 말했다. 그가 거짓말을 한 것은 그때뿐이었을까?

그렇다면 진실은 어디 있는 것일까? 진실은 아직도 존재하고 있을까?

나는 남편을 몹시 화 나게 만들어 버렸다. 내가 정말 그토록 모욕적이었단 말인가?

사람은 자기가 한 말을 일일이 기억 못하는 법이다. 더구나 나는 그런 상태에 있었으니—— 나는 그의 마음에 상처를 주고 싶었다. 그건 확실하다. 그런데 그것이 너무나도 그대로 들어맞아 버린 것이다.

그렇지만 처음에 나는 아주 조용하게 입을 열었다.

"난 당신의 생활을 딴 여자하고 나눠 갖지는 않겠어요. 어느 쪽이든 선택하세요."

── 결국 올 때까지 온 거로군! 이렇게 될 줄 알았지! 이 궁지에서 어떻게 빠져 나간다?

남편은 그런 생각으로 괴로워하는 사나이의 표정을 지었다. 그러더니 아주 달콤한 어조로 "여보, 제발이지 노엘리하고 헤어지라는 말만은 하지 말아요. 어쨌든 지금은 하지 말아 줘요."

"아뇨, 지금 해야겠어요. 그 여자와의 관계는 너무 오래 끌었어요. 내가 너무 오랫동안 용서해 줬구요."

나는 멸시하듯 남편을 쏘아보았다.

"자, 어느 쪽이 더 중요하죠? 그 여자예요? 나예요?"

"물론 당신이지" 하고 그는 담담한 말투로 대답했다.

그러더니 한마디 덧붙였다.

"그렇지만 노엘리도 내겐 중요하오."

나는 화를 발끈 냈다.

"그럼 어서 진실을 말하세요. 당신에겐 그 여자가 제일 소중하죠? 좋아요! 그렇다면 그 여자한테로 가세요. 이 집에서 나가요. 당장 나가요! 어서 짐 챙겨 가지고 나가란 말이에요."

나는 옷장에서 남편의 여행용 가방을 꺼내어 그의 속옷 따위를 아무렇게나 꾸겨 넣었다. 옷걸이에 걸린 옷도 몇 가지 챙겨 넣었다.

남편은 내 팔을 붙잡고 그만해 두라고 말렸지만 나는 계속 짐을 챙겼다.

나는 남편이 나가 주기를 바랐다. 정말로 그래 주기를 바랐다. 나는 진정으로 그렇게 생각했던 것이다. 진정으로 그렇게 바랄 수 있었던 것은 그가 나가리라고는 생각하지 않았기 때문이다.

마치 진실을 주제로 한 무서운 심리극과도 같았다. 그것은 진실이지만 그것을 연기하는 것이다.

나는 소리쳤다.

"어서 그 갈보 같은 여자한테로 가란 말이에요! 그 모사꾼 사이비 변호사한테로!"

남편은 내 팔목을 잡았다.

"지금 한 말 취소해."

"못해요. 더러운 여자예요. 당신이 그 여자의 아양에 놀아난 거예요. 당신은 허영심에서 나보다 그 여자를 더 좋아하는 거예요. 당신은 그 허영심 때문에 우리의 사랑을 희생시킨 거예요."

남편은 "입 닥쳐"란 말만 연발했다.

그러나 나는 계속 지껄였다. 나는 노엘리에 대해서, 그리고 남편에 대해서 생각하고 있었던 말들을 되는 대로 마구 퍼부었다.

그렇다, 나는 그때 내가 한 말들을 희미하게 기억하고 있다. 나는 이런 소리를 주워 섬긴 것이다——남편은 형편없는 인간처럼 허풍에 넘어가고 있으며 속물에 출세주의자가 되어 버려 이젠 내가 사랑하던 인간은 이미 아니다. 전에는 마음씨 착하고 남을 위해 봉사하는 사람이었지만 지금은 냉혹하고 에고이스트이며, 오직 자기 입신만 생각하는 졸렬한 인간이 되고 말았다는 등등.

"누가 에고이스트란 말이오?" 하고 남편은 버럭 소리를 질렀다.

그러더니 내 말을 가로막았다.

에고이스트는 바로 나라는 것이었다. 자기에게 인턴 생활을 그만두게 하는 데 조금도 주저하지 않았던 게 나였다는 것이며, 나야말로 남편을 집에 붙잡아 두기 위해 평생을 평범한 생활에 묶어 놓으려 했으며, 남편의 일에까지 질투를 함으로써 남성을 거세하는 여자라는 것이었다……

나는 울부짖었다.

인턴은 그가 기꺼이 포기한 일이다.

그는 나를 사랑했다. 그래, 그러면서도 금방 결혼할 생각은 아니었다. 그건 나도 알고 있었다. 그리고 아이 문제는 손을 쓸 수도 있었다.

"그런 소리 말아요! 우린 행복했어요. 굉장히 행복했었죠. 당신은 오직 우리의 사랑을 위해서만 산다고 말했었지 않아요?"

"그건 사실이오. 당신이 그 밖의 것은 일체 내게 여유를 주지 않았으니까. 내가 어느 날인가는 그 때문에 괴로워하게 되리라는 것을 당신은 미리 생각했어야 옳았을 거야. 그리고 내가 그 속에서 헤어나려고 했을 때는 당신은 온갖 수단으로 그걸 막았던 거요."

정확한 말들은 생각나지 않지만 그 끔찍한 싸움의 내용은 대체로 이런 것이었다.

남편의 말에 의하면 나는 딸들에 대해서도 남편에게 그랬던 것과 같이 독점욕이 강하고 독재적이었으며 그들의 생활을 침범해 왔다는 것이다.

"당신은 콜레트에게 바보 같은 결혼을 권했소. 그리고 뤼시엔이 집을 떠난 것도 당신한테서 도망가기 위한 것이었지."

그 말에 나는 속이 뒤집혔다. 나는 다시 소리를 지르고 울었다. 그러다가는 이렇게 말했다.

"당신이 그토록 나를 나쁘게만 생각한다면 어떻게 아직도 날 사랑할 수 있죠?"

남편은 내 얼굴에 내뱉듯이 말했다.

"이젠 당신을 사랑하지 않아요. 십 년 전에 싸우고 난 후부터 난 당신을 사랑하지 않게 됐소."

"거짓말이에요! 당신은 날 괴롭히려고 거짓말을 하고 있는 거예요!"

"당신은 당신 자신에게 거짓말을 하고 있소. 당신은 진실을 사랑한다고 말했지. 그럼 내 진실을 당신한테 얘기하리다. 그 얘기가 끝나거든 결정을 내립시다."

남편이 말하는 진실이란 이런 것이었다.

8년 전부터 그는 나를 사랑하고 있지 않다. 그래서 그 동안 다른 여자들과 잤다는 것이다. 젊은 펠르랭과 2년 동안, 내가 전혀 모르고 있던 어떤 남아메리카 여자 환자와도. 그리고 또 병원의 간호사와도. 그러다가 지금의 노엘리와도 18개월 전부터 지속해 왔다는 것이다.

나는 막 울부짖었다. 하마터면 정신 발작을 일으킬 뻔했다. 그러자 남편은 나에게 진정제를 먹이고 목소리를 바꾸었다.

"여보, 내가 한 말이 다 정말이라고는 나도 생각지 않아요. 하지만 당신이 하도 부당한 말만 떠드니까 나도 그렇게 말해 본 거지."

그는 나를 배신했다.

그렇다, 그건 사실이다. 그러나 그는 지금까지 내게 애정을 가지고 대해 왔던 것이다.

나는 남편에게 나가 달라고 부탁했다. 나는 그 자리에 맥없이 엎드린 채 이번 싸움의 본질을 파악하기 위해 진실과 거짓을 식별해 내느라고 곰곰 생각에 잠겨 있었다.

지난 일이 하나 머리에 떠올랐다. 3년 전 어느 날, 내가 집에 돌아오니까 남편은 내가 들어오는 줄도 모르고 전화하면서 웃고 있었다. 부드러운 공범의 미소——나는 그 미소를 익히 알고 있는 터이다.

그때 나는 말의 내용은 듣지 못했지만 그의 목소리에서 그 부드러운 공범의 웃음소리만은 들었던 것이다. 땅이 꺼지는 것 같았다. 모리스가 바람을 피우고 나는 울며불며 괴로워하는 어떤 다른 인생 속으로 빠져 있는 듯한 느낌이었다.

나는 일부러 미소를 지으며 그의 곁으로 다가갔었다.

"누구한테 하는 전화예요?"

"응, 간호사한테."

"말하는 투가 굉장히 정답더군요."

"응, 참 귀여운 아이야. 정말 괜찮아."

남편은 지극히 자연스럽게 대답했다. 그래서 나는 다시 여느 때의 내 생활로 돌아올 수 있었다. 사랑하는 남자 곁으로. 하긴 남편이 다른 여자와 침대에 누워 있는 모습을 보았다 하더라도 그 당시의 나로서는 내 눈을 의심했을 것이다.

(그러면서도 그때의 그 기억은 그대로 생생하고 가슴 아프게 내 마음속에 남아 있다.)

남편이 그 여자들과 함께 잤다 —— 하지만 그렇다고 정녕 그 후로는 나를 사랑하지 않았을까? 내게 대한 그의 비난은 과연 어느 정도까지가 진실일까? 인턴 문제와 우리의 결혼은 둘이 함께 결정한 것임을 그는 너무도 잘 알고 있다. 오늘 아침까지는 그가 그것을 부정한 적이 한 번도 없었다. 그가 나를 속이고 바람을 피운 것에 대한 변명을 하기 위해서 일부러 그런 불만을 꾸며댄 것이다. 만일 내가 나쁘다면 그의 죄가 가벼워 질 테니까.

그건 그렇다 하더라도 하필이면 왜 그런 소리를 골라서 했을까? 딸들에 대해서도 왜 그런 잔인한 말을 해야만 했을까? 나는 내 딸들을 각기 다른 방법으로 개성에 맞추어 성공적으로 길러 냈다고 자부하고 있는데—— 콜레트는 나처럼 가정 주부가 될 소질이 있었다. 그런데 무슨 이유로 그걸 내가 반대했어야만 했단 말인가? 그리고 뤼시엔은 자기 힘으로 날기를 바랐다. 그래서 나는 그 애의 뜻을 가로막지 않았을 뿐이다. 그런데 왜 모리스는 그처럼 부당한 한을 내게 품고 있단 말인가?

나는 두통이 심해서 더 이상은 명료하게 생각할 수조차 없었다.

콜레트에게 전화를 걸었다. 그 애는 방금 나와 헤어져 돌아간 참이었다.

자정.

콜레트는 나를 즐겁게도 했고 괴롭히기도 했다. 그러나 이제는 무엇이 내게 좋고 무엇이 나쁜지를 나는 알 수 없게 되었다.

아니다. 나는 독선적인 여자가 아닌 동시에 소유욕이 강한 여자도 아니며, 또 남의 생활을 침범하지도 않았다.

콜레트는 내가 이상적인 엄마이며 아버지와 엄마는 완전히 서로 뜻이 맞는 부부였다고 나를 진심으로 안심시켜 주었다.

뤼시엔은 많은 젊은이들이 그렇듯이 가정 생활이 짐스럽게 느껴졌겠지만 그것이 내 잘못은 아니었다.

(뤼시엔과 나 사이는 미묘한 관계가 있었으나 그것은 그 애가 아빠를 몹시 사랑했기 때문이다. 이른바 오이디푸스 콤플렉스 때문이었다. 그

러나 그것이 내게 불리한 증거는 전혀 될 수 없는 것이다.)

콜레트는 분개하면서 말했다.

"아빠가 엄마한테 그런 소릴 하다니 아빠의 그런 언동에 혐오를 느껴요."

하지만 콜레트는 전에 뤼시엔 때문에 아빠에 대해서 질투를 하고 있었다.

콜레트는 아빠에게 도전적이었으며 아빠가 조금이라도 잘못을 저지르면 당장에 적발할 태세로 기다리고 있었던 것이다. 그러면서도 한편으로는 지나칠 정도로 내게 용기를 주려든다.

뤼시엔 쪽이 차라리 날카롭고 가혹한 방법으로 내게 여러 가지를 가르쳐 줄 수 있을지 모른다.

나는 콜레트와 여러 시간 얘기를 했지만 결국 한 발자국도 진전은 없었다.

나는 막다른 골목에 몰려 있다. 만약 모리스가 치사한 인간이라면 나는 그를 사랑하느라고 내 인생을 망쳐 버린 셈이 된다. 하지만 어쩌면 그에게는 나를 참을 수 없다고 생각할 만한 이유가 있었는지도 모른다. 그렇다면 나는 그 이유는 모르더라도 나 자신을 증오하고 경멸할 만한 인간이라고 생각해야 할 것이다. 이 두 가지 가정은 그 어느 것도 다 잔인한 일이다.

12월 2일 수요일

모리스는 자신이 한 말의 4분의 1도 진정으로 생각하고 있지 않다고 이자벨은 생각한다——어쨌든 이자벨의 말은 그렇다.

남편이 내게 고백하지 않고 바람을 피웠다——그것은 흔히 있을 수 있는 일이다. 20년씩이나 정절을 지킨다는 것은 남자에겐 있을 수 없는 일이라고 이자벨은 항상 내게 되풀이해 말했다.

물론 남편이 이야기를 털어놓았던 편이 좋았겠지만 그는 그 자신이 한 맹세에 스스로 구속받는 것처럼 느껴 왔던 것이다. 나에 대한 그의 불만이란, 어쩌면 그가 즉석에서 생각해 낸 것인지도 몰랐다. 그가 만일 마지못해 나와 결혼을 한 것이라면 내가 그것을 눈치 못 챘을 리도 없거니와 우리가 그처럼 행복할 수도 없었을 것이다.

이자벨은 내게 그 일은 깨끗이 잊어버리라고 권했다. 그녀는 끝내 내가 유리한 입장에 놓여 있다는 생각을 하려고 애를 썼다. 남자는 쉬운 쪽을 택한다. 그런데 자기 아내 곁에 머무르는 쪽이 새로운 인생에 뛰어드는 쪽보다는 쉽다는 것이었다.

그녀는 부부 문제에 대해서는 아는 것이 많다는 어느 산부인과 여의사인 옛친구에게 전화로 면담 날짜를 약속했다.

그 여의사 같으면 이 문제를 정확하게 판단할 수 있도록 나를 도와 줄 수 있을 것이라고 이자벨은 생각한 것이다.

그것도 괜찮으리라.

일의 진행이 지나치게 됐을 때마다 늘 그랬던 것처럼 월요일 이후의 모리스는 여러 가지로 내게 신경을 썼다.

"당신은 왜 팔 년 동안이나 나를 거짓말 속에서 살게 했죠?"

"당신을 가슴 아프게 하고 싶지 않아서였소."

"하지만 차라리 날 이젠 사랑하지 않는다고 진작에 애길해 주셨던 편이 나았을 걸 그랬어요."

"그러나 그건 사실이 아니요. 홧김에 한 소리지. 난 늘 당신을 소중하게 생각했소. 지금도 그건 마찬가지오."

"당신이 한 말을 절반만 믿는다고 해도 당신은 나를 소중하게 여기고 있지는 않는 거예요. 당신은 정말 내가 애들의 응석을 너무 지나치게 받아 주는 그런 엄마였다고 생각하세요?"

남편이 내 얼굴에 대고 퍼부은 험한 말들 가운데서도 확실히 그 대목이 나로서는 가장 견딜 수 없는 말이었다.

"지나치게 응석을 받아 주었다니, 그건 좀 과장된 표현이었지."

"그렇다면?"

"내가 늘 말하지 않았소? 당신은 애들을 너무 싸고 돈다고. 그 결과 콜레트는 당신에게 너무 순종했고 뤼시엔은 당신이 자주 어려움을 느꼈던 적대 감정을 나타내곤 한 거지."

"하지만 그 때문에 그 애가 자기 뜻대로 사는 데 도움이 된 것 아녜요? 그 애는 지금 자기 인생에 만족하고 있고 콜레트 역시 마찬가지지요. 그러면 됐지 않아요?"

"그 애들이 정말로 만족하고 있다면야……"

나는 더 이상은 말을 하지 않았다. 남편의 머릿속에는 입 밖에 내지 않은 생각들로 가득 차 있다. 그러나 나는 그 대답들을 들을 용기가 없었다. 그래서 나는 묻지 않는다.

12월 4일 금요일

그 증오스러운 기억들. 어떻게 하면 그 기억들을 떨쳐 버리고 무효로 돌릴 수 있을 것인가?

2년 전 미코노스에서 남편이 내게 이런 말을 했는데 그때의 그 눈초리.

"원피스로 된 수영복을 하나 사지 그래."

나는 알고 있다. 전에도 알고 있었다. 내 허벅다리는 약간 굵어졌으며 배도 아주 날씬하게 들어가지는 않았다는 것을. 그러나 나는 남편이 그런 것엔 전혀 신경을 쓰지 않는다고 생각하고 있었다.

뤼시엔이 뚱뚱한 아주머니들의 비키니 스타일을 비웃으면 오히려 남편은 항변했었다.

"그게 어때서 그러니? 그래서 안 될 것 있다더냐? 늙었다고 바람과 햇빛을 쏘이지 말아야 한다면 그게 말이나 되겠니?"

나는 태양빛과 바람을 쏘이고 싶었다. 그것은 어느 누구에게도 폐가 되지 않는다. 그렇긴 하지만——하도 예쁜 아가씨들이 해변으로 몰려다녀서 그랬는지는 몰라도——남편은 그때 내게 이렇게 말했던 것이다.

"원피스로 된 수영복을 하나 사지 그래."

그런데도 나는 그것을 사지 않았다.

그 뒤에는 또 이런 말다툼이 벌어졌던 일도 있었다. 작년이었다.

탈보 씨 부부가 쿠튀리에 부부와 함께 집으로 저녁을 먹으러 온 날 밤이었다. 그때 탈보 씨는 남편의 대선생 행세를 톡톡히 한 것이다. 그는 어떤 바이러스의 기원에 관한 보고서의 일로 모리스를 칭찬했다. 모리스는 우등상을 탄 초등학생처럼 기분이 아주 좋은 모양이었다. 나는 그

것이 비위에 맞지 않았다. 나는 탈보 씨를 좋아하지 않았기 때문이다. 탈보 씨가 어떤 사람에 대해 얘기를 할 때 "뛰어난 업적을 이룩한 훌륭한 인물이지"라고 말하는 것을 들으면 나는 그의 뺨이라도 후려치고 싶어질 정도였으니까.

그들이 돌아간 뒤에 나는 농담으로 남편에게 한마디 했다.

"탈보 씨가 당신을 그 '훌륭한 인물' 이라고 할 날도 멀지 않았군요. 당신에게 출세 길이 트이게 됐네요!"

남편을 발끈 화를 냈다. 그리고는 내가 자기 일에 무관심하고 자기의 연구 성과를 우습게 여긴다고 보통 때보다 훨씬 격렬하게 나를 책망했다. 그는 또 내가 부분적으로 그가 하고 있는 일에 관심을 갖지 않는다면 전체적으로 인정을 받는다 해도 자기로선 아무런 흥미도 없다고 내게 말했다.

그의 목소리에 하도 독기가 서려 있기에 나는 별안간 피가 얼어붙는 것 같은 느낌이 들었다.

"당신 어쩌면 내게 그렇게 적의를 가지고 있죠?"

그러자 남편은 다소 당황한 듯했다.

"바보 같은 소리 하지 말아요."

그리고 나서 남편은 여태까지 늘 해오던 싸움과 다를 게 뭐가 있느냐고 나를 달래 주었다. 그러나 그때 나는 죽음과 같은 차가움이 오싹 스치는 것을 느꼈다.

그가 하는 일에 내가 질투를 한다—— 그건 생판 거짓말은 아니라는 것을 나는 인정하지 않을 수 없다.

10년 동안 나는 모리스를 통해서 나를 열중시킨 어떤 체험, 즉 의사와 환자 사이의 인간 관계를 경험했다.

나는 그 일에 끼여들어 남편의 상담역이 되었다. 그런데 나에게 그처럼 중요하던 우리 사이의 유대를 남편이 끊어 버리기로 결정했던 것이다. 그렇게 되자, 멀리서 수동적으로 남편이 하고 있는 연구의 진전에 참가한다는 것에는 솔직히 말해서 나는 별반 성의를 갖지 않게 된 것이 사실이다. 난 그런 것에는 확실히 관심이 없다.

나는 남편을 학자로서가 아니라 인간으로서 존경하고 있는 것이다. 하지만 '남성을 거세하는 여자' 란 말은 너무나 부당하다. 나는 단지 감격을 느끼지도 않으면서 감격하는 척하는 것을 거부했을 뿐이다. 그리고 남편은 나의 그 솔직한 성실성을 좋아하지 않았던가. 나는 그런 것이 그의 허영심에 상처를 주었다고는 생각하고 싶지 않다. 모리스에게는 그렇게 옹졸한 면은 없다. 그런데 사실은 옹졸한 면이 있는 게 아닐까? 그리고 노엘리는 그 점을 이용할 줄 아는 게 아닐까? 그건 역겨운 생각이다.

내 머릿속에서는 지금 모든 것이 뒤죽박죽되어 있다. 나는 내가 어떤 여자이며 남편 역시 어떤 인간인가를 알고 있다고 믿어 왔다.

그런데 별안간 나 자신도 남편도 우리가 어떤 사람인지를 알 수 없게 된 것이다.

12월 6일 일요일

이런 일이란 다른 사람에게 일어났을 때는 그것은 한정된 사건으로서, 그 사건을 도려 내거나 극복하는 일이 모두 쉽게만 보일 것이다.

그러나 그것이 자기에게 일어났을 때는 상상조차 하기 어려운 무서운 시련 속에서 완전히 고독해진 자신을 발견하게 된다.

남편이 노엘리의 집에서 자는 날 밤에는 나는 잠이 안 올까봐 두렵기도 하지만, 또 잠이 올까봐도 걱정이 된다. 내 옆의 텅 빈 침대, 그 차고 반듯한 시트—— 수면제를 마셔도 나는 꿈을 꾼다.

종종 나는 꿈속에서 너무나 불행한 나머지 기절하는 경우가 있다. 나는 전신이 마비된 상태로 누워 있고 이 세상의 모든 고통으로 가득 찬 나의 얼굴을 남편이 바라보고 있다…… 나는 그가 급히 나에게 다가오기를 기다린다. 그러나 그는 나에게 무관심한 눈길을 한번 던질 뿐 내게서 멀어져 간다.

눈을 떴다. 아직 밤이었다. 나는 어둠의 무게를 느꼈다. 나는 복도에 있었다. 나는 그 속에 빨려 들어가고 복도는 자꾸자꾸 좁아지고 있었다. 숨쉬기도 힘이 들었다. 조금만 더 있으면 기어가야 할 것이다. 그리고 나는 마지막 숨이 끊어질 때까지 좁혀지는 복도 속에 끼여 꼼짝달싹도 못 하겠지. 나는 소리를 질렀다. 그러다가 눈물을 흘리면서 다정하게 남편을 부르기 시작했다.

매일 밤 나는 그를 부른다. 그가 아니다. 나를 사랑하던 또 한 사람의 그이다.

나는 그가 차라리 죽었더라면 더 낫지 않았을까 자문해 본다. 나는 생각했다. 죽음만이 돌이킬 수 없는 유일한 불행이라고. 만일 그가 내 곁을 떠난다면 나는 재기할 수 있으리라. 그러나 죽음은 두려웠다. 그것은 가능한 일이기 때문에── 그리고 이별은 견딜 수 있는 것이었다. 왜냐하면 나는 그것을 상상해 본 일이 없기 때문에.

그러나 실상 그가 만일 죽는다면 나는 적어도 내가 누구를 잃었으며 내가 어떤 인간인지는 알 수 있을 것이라고 나는 생각했다. 하지만 지금은 아무것도 모른다.

내 뒤에 있었던 인생은 완전히 무너진 것이다. 지진 때 지표면 자체가 삼켜져 버리듯이 도망치는 대로 등뒤의 땅이 무너져 내리는 격이었다. 돌아갈 길이 없다. 집도 없어졌다. 마을도 계곡도 모두. 살아남는다 하더라도 남아 있는 것은 아무것도 없다. 이 지상에서 발 붙이고 있던 그 자리마저도……

아침이면 너무 피곤해서, 10시에 파출부만 오지 않는다면 나는 매일 일요일처럼 정오가 지나도록 누워 있거나, 혹은 모리스가 점심을 먹으러 들어오지 않는 날이라면 하루 종일이라도 자리에 누워 있을 것이다.

도르모아 부인은 무언가 심상치 않다는 것을 느끼고 있다. 아침 식사 쟁반을 치우면서 그녀는 나무라듯 이렇게 말한다.

"아무것도 안 잡수셨군요!"

그녀가 하도 권하는 바람에 귀찮아서 이따금 나는 토스트 한 쪽을 먹는다. 그러나 억지로 먹으려니 제대로 넘어가질 않는다.

남편은 왜 이젠 나를 사랑하지 않게 되었을까? 우선 그가 왜 전에는 나를 사랑했는가를 알아야 할 것이다. 그런 질문들은 자기 자신에게는 하지 않는 법이다. 설령 오만하지 않거나 나르시시스트가 아니더라도 본래의 자기 자신으로 돌아온다는 것은 얼마나 놀라운 일인가. 그것은 너무나 유니크한 일이라서 다른 사람에게도 역시 유니크하다는 것이 자연스럽게 느껴진다.

그는 나를 사랑했었다. 그저 그뿐인 것이다. 그리고 그는 영원히 나를 사랑할 것이다. 왜냐하면 나는 영원히 나일 테니까.

(그런데 나는 다른 여성들의 이런 맹목성에 놀랐던 것이다. 다른 사람들의 경험을 거울 삼아서는 자신의 문제를 이해할 수 없다는 것이 이상한 노릇이다—— 다른 사람들의 경험은 내 문제는 아니며 내게는 아무런 도움도 주지 않는다.)

어리석은 환각들. 나는 어렸을 때 본 영화를 되새겨본다.

어느 아내가 남편의 애인을 찾아간다.

"당신에겐 불장난이겠지만 난 내 남편을 사랑하고 있어요!"

그러자 감동한 상대방 여인은 한밤의 밀회 장소에 자기 대신 그 아내를 내보낸다. 어둠 속에서 남편은 자기 아내를 애인으로 착각한다. 이튿날 아침, 당황한 남편은 다시 아내에게로 돌아간다.

그것은 옛날 무성 영화였는데 영화관에서는 아이러니한 의도로 상영했겠지만 나는 꽤 감동을 받았었다.

그 아내가 입었던 긴 원피스와 헤어 밴드가 지금도 눈에 선하다.

노엘리를 만나서 얘기를 해볼까?

그러나 그녀에게는 이번 사건이 불장난이 아니라 하나의 사업인 것이다.

그녀는 모리스를 사랑하고 있다고 말하겠지. 그리고 지금 그녀는 모리스가 한 여자에게 줄 수 있는 모든 것을 놓치지 않으려 하고 있음에 틀림없다.

하지만 나는 그가 스물세 살 때 그를 사랑했던 것이다. 장래가 확실치 않고 여러 가지 난관이 놓여 있었을 때의 그를. 나는 아무런 보증 없이 그를 사랑했다.

나 자신의 사회적 진출을 스스로 포기하고.

그렇다고 지금 와서 후회하는 것은 하나도 없다.

12월 7일 월요일

콜레트, 디아나, 이자벨.

마음속 얘기를 털어놓는 것을 좋아하지 않던 나였는데!

그리고 오후에는 마리 랑베르.

마리 랑베르는 경험이 풍부한 여의사이다.

나는 그녀가 내 갈 길을 분명히 가르쳐 주기를 간절히 바라고 있다.

마리 랑베르와의 긴 대화를 통해 뚜렷이 떠오른 일은 나 자신이 내 문제를 얼마나 이해하지 못하고 있는가 하는 점이다. 나는 나의 과거를 일일이 기억하고 있건만 뭐가 뭔지 도무지 알 수 없게 되어 버렸다. 여의사는 내게 내 과거를 짤막하게 요약해서 기록해 보라고 권했다. 한번 해 볼 만한 일이다.

의업——아버지가 바뇰레의 진료실에서 개업했던 것과 같은 의업.

나는 그보다 더 훌륭한 직업은 없다고 생각했다. 그러나 처음 1년 동안은 나날이 계속되는 끔찍한 일에 놀라고 구역질이 나고 압도되어 나는 여러 번 생각을 망설였다.

그 무렵 모리스는 병원 통근 조수였는데 나는 첫눈에 그의 얼굴에서 읽은 인상에 마음이 끌렸다. 그 당시 우리는 피차 짧은 연애밖에는 경험이 없었다. 우리는 서로 사랑했다. 그것은 열렬한 사랑이면서 분별 있는 사랑—— 요컨대 사랑이라는 것이었다.

지난번 모리스의 입에서 내가 그의 인턴 생활을 그만두게 했다는 말이 나온 것은 가혹하도록 당치도 않은 말이었다. 여지껏 그는 자기 결정에 대해서는 늘 스스로가 완전한 책임을 져왔다. 그는 학생 노릇하기가 지겨웠던 것이다. 그는 어른의 인생을—— 한 가정을 원하고 있었다. 우리가 서로 맺은 성실성의 맹세는 나보다는 그가 더 고집해 왔다. 왜냐하면 그는 어머니의 재혼으로 병적이리만큼 결렬과 이별을 혐오했기 때문이다.

우리는 1944년 여름에 결혼했다. 우리의 행복한 생활의 초기는 프랑스 해방에 도취된 환희와 일치하고 있었다.

모리스는 사회의학에 관심을 가지고 있었다. 그는 시므카 자동차 회사의 의무실에 일자리를 얻었다. 개업의가 되는 것보다는 힘이 덜 드는 일이었고 또 그는 노동자인 환자들을 좋아했다.

그러나 모리스는 전후의 사태에 실망했다. 시므카 회사의 일에도 권태를 느끼기 시작했다. 그때 쿠튀리에가—— 그는 인턴 과정을 무사히 끝냈는데—— 함께 탈보 씨의 종합 병원에 들어가 그와 한 팀이 되어 전문적인 연구를 해보자고 그를 설득하고 나선 것이다.

필경 그때 나는 그의 결심에 대해서 너무 심한 반대를 했던 것 같다
—— 마리 랑베르는 나로 하여금 그것을 깨닫게 했다. 10년 전의 일이지
만 확실히 그때 나는 그 일을 결코 충심으로 받아들이지 않았음을 남편
에게 너무 드러내 보였는지 모른다.

그렇다고 그것이 그가 나를 사랑하지 않게 된 충분한 이유는 되지 않
는다. 그렇다면 정확하게 그의 인생의 변화와 감정의 변화 사이에는 어
떤 관계가 있는 것일까?

마리 랑베르는 남편이 나를 비난하거나 비판한 일이 자주 있었느냐고
물었다.

아! 우리는 물론 싸움을 한다. 둘이 다 피가 뜨거운 사람들이니까. 그
러나 결코 심각한 싸움은 아니었다. 적어도 나에게는.

그렇다면 우리의 성생활은?

나는 언제부터 우리의 성생활의 열이 식게 됐는지를 분명히 모른다.

두 사람 중의 누구에게 먼저 권태가 왔을까? 나는 남편의 무관심한
태도에 감정이 상했던 일은 있다. 그래서 킬랑과 잠깐 바람을 피웠던 것
이다.

남편이 혹시 나의 냉담한 태도에 실망을 했는지도 모르겠다.

그러나 그것은 이차적인 문제에 불과할 것이다.

그것은 남편이 다른 여자들과 잤다는 데 대한 설명은 될지 모르지만
그가 내게서 정말 떨어져 나간 것에 대한 설명은 되지 않는다. 노엘리에
게 열중하게 된 사실 역시 설명이 되지 않는다.

왜 하필이면 노엘리였을까? 만약에 그녀가 적어도 굉장한 미인이고
젊고 또 뛰어나게 머리가 좋은 여자라면 이해가 가겠지만. 그렇다면 나

는 괴롭긴 하더라도 납득은 할 수 있을 것이다. 하지만 그녀는 서른여덟 살에, 함께 있으면 기분이 유쾌해지는 여자일는지 몰라도 그 이상은 아닌 데다가 매우 천박한 여자이다. 그런데 왜?

"내가 그 여자보다 낫다는 건 확실해요."

여의사는 미소를 띠며 대답했다.

"문제는 그런 데 있는 게 아니랍니다."

그렇다면 무엇이 문제일까? 새롭다는 점과 아름다운 육체 이외에 내가 모리스에게 줄 수 없는 무엇을 노엘리는 줄 수 있단 말인가?

여의사는 말했다.

"타인의 연애란 결코 이해할 수 없는 거랍니다."

하지만 내게 표현 능력이 부족하다는 점은 나도 분명 알고 있다. 모리스는 나와는 깊은 인간 관계가 이루어져 있어 거기에 그의 내부의 본질적인 것을 투입시킨다. 그러므로 그것은 파괴될 수 없는 것이다.

그러나 노엘리와 관계는 극히 외면적인 감정으로밖에는 맺어져 있지 않다. 그들 두 사람은 서로 다른 누구라도 사랑할 수가 있을 것이다.

모리스와 나는 서로 용접된 것처럼 결합되어 있는 사이다. 그런데 그 사이에 금이 갔다는 것은, 모리스와 나와의 관계가 파괴될 수 없는 것도 아니라는 얘기가 된다.

어쨌든 모리스는 지금 그 관계를 파괴하고 있으니까. 아니면 역시 파괴될 수 없는 것일까? 모리스는 지금 노엘리에게 언뜻 보기에는 정열적인 열정을 느끼고 있지만, 그런 정열이란 얼마 안 있으면 곧 사라지고 마는 것인가!

아! 절망 그 자체보다도 더 괴로운 것은 이따금 마음속을 쑤시고 지나가는 희망의 가시이다.

내 머릿속에서 이리저리 생각해 보는 또 하나의 문제가 있다. 그러나 남편은 그 문제에 진지한 대답을 주지 않는다. 그가 왜 이제 와서 그 얘기를 꺼냈느냐는 점이다. 왜 진작 얘기를 안 했던 것일까? 그는 반드시 그 문제를 내게 미리 경고했어야 했던 것인데. 그랬더라면 나 역시 내 나름대로의 정사도 가질 수 있었을 것이며 일거리도 구했을 것이 아닌가. 8년 전이었으니 그때 나도 무엇인가를 할 용기가 있었을 것이다.

지금과 같은 이런 공허감에는 둘러싸여 있지 않았을 게 아닌가.

마리 랑베르는 다음 사실에 가장 분개했다. 즉 모리스는 침묵을 지킴으로써, 내가 우리의 파경에 충분히 대비해서 부딪칠 수 있는 가능성을 막았다는 것이다. 그는 내게 대한 그의 애정에 회의가 생겼을 때 이내 나로 하여금 독립된 생활을 이룰 수 있도록 도와 주었어야 했다는 것이다. 마리 랑베르는 —— 나 역시 같은 생각이지만—— 모리스가 침묵을 지킨 것은 두 딸에게 행복한 가정을 보장해 주기 위한 것이었다고 생각하고 있다.

남편이 이번 사건을 처음 고백했을 때, 나는 뤼시엔이 집에 없는 것을 다행으로 생각했는데 그건 내 생각이 틀렸다.

그것은 우연이 아니었기 때문이다. 하지만 그렇다면 그건 무서운 일이다. 남편은 딸들이 다 집을 떠나고 난 뒤를 기다려 나를 버릴 시기를 선택한 것이다.

그토록 이기적인 남자에 대한 사랑에 내 일생을 걸었다는 것을 지금 와서 인정한다는 것은 도저히 있을 수 없는 일이다. 분명 내가 옳지 못한 것이다!

마리 랑베르는 또 내게 이렇게 말했다.

"댁의 남편의 의견을 들어 보아야만 되겠군요. 이런 종류의 파경이 아내 쪽의 얘기만 가지고는 전혀 이해될 수가 없지요. 열쇠는 '남성의 비밀'인데 그건 '여성의 비밀'보다 훨씬 침투하기가 어렵거든요."

나는 마리 랑베르에게 모리스와 얘기를 해보면 어떻겠느냐는 뜻을 비쳐 보았지만 그녀는 거절했다. 마리 랑베르가 모리스와 아는 사이라면 나는 그녀를 지금처럼 신용하지는 않을 것이다. 마리 랑베르는 매우 친절했다. 그러면서도 그녀의 태도에는 할 말을 다 안하고 망설이는 빛이 엿보였다.

결국 내게 가장 도움을 줄 수 있는 사람은 역시 뤼시엔일 것이다.

그 애에게는 날카로운 비판 감각이 있다. 뤼시엔은 그동안 내게 반쯤은 적대심을 가지고 살아왔으니까 그 애라면 나에게 사태를 분명하게 가르쳐 줄 것이다.

그러나 편지로는 평범한 얘기밖에 해주지 않을 것이다.

12월 10일 목요일

노엘리의 집 근처에 살고 있는 쿠튀리에의 집으로 가다가 나는 언뜻 우리 차를 본 것 같았다. 그런데 우리 차는 아니었다.

하지만 회색 지붕에 빨간색과 녹색 시트가 깔린 짙은 녹색의 시트로엥 DS를 볼 때마다 나는 그것이 꼭 우리 차 같은 생각이 든다── 전에는 내가 우리 차라고 불렀지만 지금이야 우리의 생활은 이미 하나가 될 수 없으니 그의 차라고 불러야 옳겠지만——그런 생각을 하면 불안해진다.

전에는 남편이 어디에 있으며 무엇을 하고 있는지를 나는 늘 정확하게 알고 있었다. 그러나 지금은 그가 어디에라도 있을 가능성이 있다. 내가 그 차를 본 바로 그 장소에 있을 수도 있는 것이다.

쿠튀리에를 찾아간다는 것은 몰상식한 짓이었다. 내가 그에게 전화로 찾아가겠다는 말을 하자 그는 몹시 난처해 하는 것 같았다. 하지만 나는 알고 싶은 것이다.

"선생님이 모리스와 친구 사이라는 건 알고 있습니다" 하고 나는 도착하자마자 그에게 말했다.

"저는 선생님께 정보를 얻으러 온 게 아니에요. 다만 이번 사태에 대해서 한 남자분으로서의 의견을 들려 주십사 하고 온 거지요."

그는 일단 마음이 놓였다는 듯한 표정이었다. 그러나 내게는 전혀 아무것도 말해 주지 않았다.

남자는 여자보다 변화를 더 찾는다. 14년 동안이나 한 여자에 충실했다는 것만 해도 벌써 극히 드문 일이다. 거짓말을 한 것도 당연한 일이다. 상처를 주고 싶지 않았을 테니까. 그리고 화가 났을 때는 마음에 없는 말도 마구 하는 법이다. 모리스는 분명 당신을 사랑하고 있음에 틀림없다. 그렇지만 두 사람을 사랑할 수도 있는 것이다. 사랑하는 방법이 다를 뿐……

그런 이야기였다. 모두가 당연한 말들을, 그러니까 남에게 일어난 일들을 설명해 줄 뿐이다. 그리고 나는 이 누구에게나 공통된 해결의 열쇠를 이용해 보려고 애쓰고 있고! 마치 모리스와 나, 그리고 우리의 사랑과는 전혀 상관없는 사건인 듯이.

나는 바닥으로 떨어져 버린 신세가 되었단 말인가! 주간지의 점성란에서 사수좌의 사람은 이번 주에 애정 문제에서는 크게 성공할 수라고 나와 있는 것을 읽고 잠깐 희망에 부풀었으니 말이다.

반대로 디아나의 집에서는 점성술에 관한 작은 책자를 보고 기분이 언짢았다. 사수좌와 백양궁과는 서로 상극인 모양이다.

나는 디아나에게 노엘리의 성좌를 아느냐고 물어 보았다. 모른다는 대답이었다.

지난번의 불쾌한 변명 사건이 있은 뒤로 디아나는 나에게 감정이 어색해 있었던 터라 그녀는 노엘리가 모리스에 대해서 좀더 상세한 얘기를 하더라는 것을 좋은 기분으로 일러 주었다.

노엘리는 절대로 모리스를 단념하지 않을 것이며 모리스 역시 같은 생각이라는 것이다. 나는 아주 훌륭한 여자지만 (노엘리가 이런 표현을 즐겨 쓰는 모양인데) 모리스의 진가는 모르고 있다 —— 디아나가 그 말을 다시 들먹이자 나는 도저히 참을 수가 없었다.

그렇다면 모리스가 노엘리에게 나에 대한 불만을 털어놓았단 말인가? "노엘리, 당신은 적어도 내 사회적 활동에 관심을 가지고 있어"라고. 아니, 설마하니 그런 소리는 하지 못했을 것이다.

그런 건 믿고 싶지도 않다.

모리스의 진가…… 모리스의 진가란 사회적 출세 같은 것에 한정될 성질의 것은 아니다. 그 점은 그 자신도 잘 알고 있다. 그것은 또 사람을 감동시키는 또 다른 그의 일면이다.

아니면 내가 그를 잘못 본 것일까? 그에게는 노엘리 곁에서 활짝 피어

날 수 있을 만큼 경박하고 사교적인 면이 있단 말인가? 나는 애써 웃어 보려고 했다. 그리고 나는 남자들이 노엘리에게서 발견하는 매력이 어떤 것인가를 그래도 알아보고 싶다고 말했다.

디아나는 내게 좋은 생각을 하나 일러 주었다.

우리 세 사람의 필체를 분석시켜 보자는 것이었다. 그녀는 내게 주소를 하나 가르쳐 주더니 노엘리가 쓴—— 중요한 것은 적히지 않은—— 편지 한 통을 빌려 주었다. 나는 모리스의 최근의 편지를 찾아다가 필상 학자에게 조속한 회답을 기다린다는 편지를 써서 함께 동봉했다. 그리고 그 편지들을 모두 필상학자에게 전해 주라고 그의 아파트 관리인에게 맡겼다.

12일 토요일

나는 필상학자의 분석에 크게 놀랐다. 그의 말에 의하면 가장 흥미로운 필체는 모리스의 것이라는 얘기이다. 탁월한 지능과 넓은 교양, 일에 대한 능력, 집착력, 깊은 감수성, 자존심과 자기 회의의 혼합, 표면적으로는 공개적이면서도 실제로는 비밀주의적인 성격이라는 것이다. (이것은 내가 요약해 본 것이다.)

내게서는 많은 장점을 찾아내 주었다. 균형감 있고 명랑하며 솔직하고 타인에 대해 자상하게 마음을 쓰는 성격이라는 것이다. 그는 또 내가 주위 사람들에게 다소 부담을 주게 될지도 모를 일종의 애정의 과욕이 있다는 점도 지적해 놓았다. 그 점은 모리스가 내게 남의 생활을 침범하려 하고 소유욕이 강하다고 비난한 점과 일치하고 있다.

나에게 그런 성향이 있다는 것은 나도 잘 알고 있다. 하지만 나는 그 성향을 물리치느라고 얼마나 애를 썼던가! 나는 콜레트와 뤼시엔을 자유롭게 해주려고 여간 노력을 한 것이 아니다. 그래서 그 애들에게 꼬치꼬치 캐어묻지도 않았으며, 그들의 비밀을 존중해 주었다……

그리고 모리스에 대해서는 어떠했는가. 나는 그에 대해 마음 쓰는 것을 삼갔을 뿐 아니라 감정이 노골적으로 드러나지 않게끔 억제한 일도 한두 번이 아니었다. 그의 서재에는 들어가고 싶어도 안 들어갔는가 하면, 그가 내 곁에서 책을 읽을 때는 그를 바라보는 것조차 피했었다!

나는 집안 식구들에게 늘 곁에 있는 존재인 동시에 부담주지 않는 존재가 되기를 바랐었다. 그런데 나는 실패한 것인가?

필상학이란 사람의 품행보다는 그 성향을 밝혀 주는 것이다. 그리고 모리스로 말하면 나에게 화를 내며 공격했다. 필상학자건 모리스건 나에 대한 그들의 판단을 나는 받아들일 수가 없다. 어쨌든 설령 나의 행동의 도가 좀 지나치고 현시적이고 너무 과하게 신경을 쓰는 경향이 있다고 하더라도, 요컨대 다소 성가시게 군다 하더라도 그것은 모리스가 노엘리를 나보다 더 좋아할 충분한 이유는 될 수 없는 것이다.

노엘리에 대한 필상학자의 묘사는 나와는 아주 대조적이며 단점도 훨씬 더 많았다. 그러나 그것은 결국 그녀를 더 추켜 세우는 것같이 내게는 느껴졌다. 그녀는 야심가이고 남 앞에 나서기를 좋아하지만, 그러면서도 뉘앙스가 다양한 감수성을 지니고 있고 매우 정력적이며 관대하고 재기 발랄하다는 것이다.

나는 나 자신이 뛰어난 인간이라고는 주장하지 않는다. 그러나 노엘리는 너무나 지식이 천박한 여자라서 두뇌를 쓰는 면에 있어서도 결코 나보다 더 우월할 수는 없다. 재감정을 시켜 봐야 하겠다.

여하튼 필상학이란 정확한 과학은 아니다.

나는 고민하고 있다. 사람들은 나를 어떻게 보고 있는 것일까? 완전히 객관적인 입장에서 본다면 나는 과연 어떤 인간일까? 내가 생각하는 것보다는 머리가 나쁜 여자일까? 이런 종류의 질문은 해 봤던들 쓸데없는 질문이다. 아무도 내가 바보라고는 대답해 주지 않을 테니까. 그렇다면 어떻게 해야 알 수가 있을까? 누구나 자기는 영리하다고 믿고 있다. 자신이 우둔하다고 생각하는 사람들까지도.

그래서 여자는 정신적인 것보다는 용모에 관한 찬사 쪽에 더 민감한 법이다. 정신적인 것에 대해서는 여자는 마음속으로 뚜렷한 것을 가지고 있다. 그것은 모든 사람이 가지고 있는 것이기 때문에 아무런 증명도 될 수 없다.

자신의 한계를 알려면 그 한계를 뛰어넘을 수 있어야만 한다. 즉 자신의 그림자를 뛰어넘는 것이다. 나는 항상 남이 내게 한 말과 내가 읽은 것을 이해한다.

그러나 그것은 어쩌면 하나의 관념의 풍요함과 복잡성을 파악할 줄 모르기 때문에 너무 빨리 이해하는 것인지도 모른다. 그런 결합 때문에 나는 노엘리가 나보다 우월하다는 사실을 알지 못하는 것이 아닐까.

토요일 밤

이번 주간은 사수좌에게 약속된 행운의 주가 아닌가?

디아나가 전화로 뉴스를 하나 알려왔는데 그것은 결정적인 중요성을 지닌 뉴스일지 모른다는 것이다.

내용인즉 노엘리와 출판업자인 자크 발랭과의 사이에 어떤 관계가 있는 것 같다는 것이다. 발랭 부인이 그 얘기를 디아나의 어느 친구에게 말했다면서 그 부인은 노엘리의 편지를 발견하고 지금 그녀를 몹시 원망하고 있다고 말했다.

하지만 그것을 모리스에게 어떻게 알릴 것인가? 그는 지금 노엘리의 애정을 굳게 믿고 있으니 분명 아연실색할 것이다. 남편은 내 말을 믿지 않을 것이다. 그러니까 증거가 있어야 된다. 그렇다고 내가 알지도 못하는 발랭 부인을 찾아가 편지를 빌려 달라고 말할 수도 없는 노릇이다. 발랭 씨는 굉장한 부자이다.

발랭 씨와 모리스 중의 한 사람을 택하라면 노엘리는 발랭 씨가 부인과의 이혼에 동의해 주기만 한다면 발랭 씨를 택할 것이다.

그렇다면 그 여자는 얼마나 모사꾼인가! 만일 그녀가 나의 존경을 받을 수 있는 여자라면 내가 이토록 괴로워하지도 않을 것이다.

(나는 알고 있다. 다른 여자 같으면 지금 자신의 연적에 대해서 이렇게 생각할 것이다. '내가 만일 경멸할 수 있는 여자라면 나는 이토록 괴로워하지는 않을 것이다' 하고. 게다가 나는 또 스스로 이렇게 생각했던 것이다. '괴로워하기에는 나는 너무나 그 여자를 존경하지 않는다' 라고.)

13일 일요일

이자벨에게 필상학자의 회신을 보여 주었다. 이자벨은 이해가 가지 않는 듯한 표정이었다. 그녀는 필상학을 믿지 않는다.

그렇긴 하지만 내가 애정에 대해 지나치게 욕심이 많다는 분석은 지난번에 모리스의 비난과 일치한다고 나는 이자벨에게 지적했다.

그리고 사실상 나는 사람들에게 지나친 기대를 갖는다는 것을 스스로가 잘 알고 있다.

어쩌면 사람들에게 요구하는 게 지나친지도 모른다.

"물론 당신은 남을 위해서 사는 경우가 많으니까, 남에 의해서 사는 경우도 자연 많은 거야. 하지만 사랑이나 우정이라는 게 그런 것 아닐까? 일종의 공존이니까" 하고 그녀는 내게 말했다.

"그렇지만 공존을 거부하는 사람에게는 내가 부담스러울지도 모르겠지?"

"이쪽에서는 관심을 가지고 있는데 상대방이 무관심한 경우에는 이쪽의 관심이 부담을 주기도 하겠지. 그건 상황에 따르는 문제이지 성격상의 문제는 아니에요."

나는 이자벨에게 나를 어떻게 보고 있으며 어떻게 생각하고 있는지 진지하게 생각해서 내게 얘길 좀 해달라고 부탁했다. 이자벨은 웃었다.

"사실은 내겐 당신이 잘 보이지 않아요. 당신은 내 친구고 또 당신은 현재 여기 있다는 것뿐이지요."

그녀의 주장에 따르다면 사람들 사이에 아무런 문제가 없을 경우에는 상대방과 마음이 통하느냐 통하지 않느냐 하는 것만 문제일 뿐 그 사람에 대해서 의견 같은 것은 안 갖는다는 것이다. 그녀는 내가 마음에 들 뿐 그 이상은 모르겠다고 말했다.

"솔직히 말해서, 정말 솔직히 말해서 나를 머리 좋은 여자라고 생각해요?"

"물론이지. 그런 질문을 할 때만 빼놓고 말이야. 만일 우리 두 사람이 모두 바보라면 서로가 상대방을 머리 좋다고 생각하겠지. 그렇다면 그건 뭘 증명하는 거지?"

이런 문제는 나의 장점이나 단점 같은 것과는 상관이 없는 것이라고 그녀는 되풀이 내게 말했다.

모리스의 마음을 끄는 것은 오직 새것뿐이다.

18개월이 지났다지만 그건 아직도 새것으로 느껴지는 때이다.

14일 월요일

슬픔의 나락으로 굴러 떨어지는 무서운 내리막길. 슬프다는 사실 때문에 어떠한 즐거운 일도 모두 귀찮아졌다.

이제는 깨어나면서 레코드는 절대로 틀지 않는다. 음악을 듣는 일도, 영화관에 가는 일도, 마음에 드는 것을 사는 일도 내게는 없다. 도르모아 부인이 오는 소리를 듣고야 잠이 깨었다. 홍차를 마시고 그녀를 기쁘게 해주기 위해 토스트 한 쪽을 삼키듯 먹었다. 그리고 오늘도 살지 않으면 안 될 눈앞의 하루를 바라본다. 그리고 생각한다……

현관의 벨이 울렸다. 배달원이 커다란 라일락과 장미 꽃다발을 한 아름 내 가슴에 안겨 주었다. "생일을 축하하오, 모리스"하고 쓰인 카드 한 장과 함께.

현관문을 닫는 순간 눈물이 쏟아져 내렸다. 불안과 전망이 불투명한 계획과 증오로 나 자신을 방어하고 있는 지금 이 꽃다발과 잃어버린 감미로움에 대한 회상, 돌이킬 수 없을 만큼 잊혀진 감미로움의 회상이 나의 모든 방어를 졸지에 무너뜨렸다.

1시경에 현관문에서 열쇠 돌리는 소리가 나자 내 입 속에서는 저 쓰디쓴 맛이 감돌았다. 그것은 공포의 맛이었다. (죽음을 눈앞에 둔 아버지를 보러 병원으로 갔을 때의 그 쓴 맛이었다.)

나 자신의 영상만큼이나 친밀한 존재, 내가 살아가는 이유이며 나의 기쁨이었던 그 존재가 지금은 이방인이고 판사이며 적이 된 것이다.

그가 문을 여는 순간 나의 가슴은 공포로 두근거리기 시작한다.

남편은 급히 내 곁으로 다가왔다. 그리고 나를 껴안으며 미소를 보였다.

"생일을 축하하오, 여보."

나는 그의 어깨에 얼굴을 기댄 채 조용히 울었다. 그는 내 머리를 애무하면서 말했다.

"울지 말아요. 당신이 불행해 하는 건 싫소. 난 당신이 정말로 소중해."

"당신이 나를 사랑하지 않게 된 지는 벌써 팔 년이 되었다고 말했잖아요?"

"그러나 그건 아니야. 그후에 내가 거짓말이라고 말했지 않소? 내겐 당신이 소중해."

"하지만 사랑하는 건 아니잖아요?"

"사랑에는 종류가 많은 거요."

우리는 자리에 앉아서 서로 이야기를 나눴다. 나는 이자벨이나 마리 랑베르에게 말하듯 신뢰와 우정을 가지고 초연하게 얘기했다. 마치 우리들의 일이 아닌 다른 이야기를 하는 것처럼.

전에 다른 많은 문제들을 놓고 이야기했듯이 우리는 편견 없이 자유롭게 하나의 문제를 다루듯 이야기했다.

나는 8년 동안 비밀을 지키느라 입을 다물어 온 그의 침묵에 또 한 번 놀랐다. 그는 내게 같은 말을 되풀이했다. "당신이 슬퍼서 죽을 거라고 말했기 때문에……"

"그건 당신이 내게 그런 말을 하게끔 했던 거죠. 부정이라는 생각이 당신을 그만큼 불안하게 했던 모양이에요……"

"그 생각을 하면 난 사실 불안했소. 그래서 나도 입을 다물고 있었던 거요. 마치 내가 바람을 피우지 않는 듯이 매사가 탈없이 지나가기를 바랐던 거지…… 나는 마술 같은 걸 상상했던 거요…… 그리고 또, 물론 내 자신이 부끄럽게 느껴지기도 했고……"

나는 그에게 왜 올해 들어서 내게 그 얘길 털어놓게 됐는지가 특히 알고 싶다고 말했다. 남편은 부분적으로는 노엘리와의 관계 때문에 말을 안할 수가 없었다는 점을 인정했고, 또한 내가 진실을 알아야 할 권리가 있다고 생각했기 때문이라고 말했다.

"하지만 당신은 진실을 말하지 않았잖아요?"

"당신에게 거짓말을 했던 것이 부끄러워서 그랬던 거요."

남편은 그 검고 따스한 눈동자로 나를 감싸듯 바라보고 있었다.

그 눈길은 마치 내 마음속 깊숙이까지 스며들어 그 마음을 털어놓고 자기 자신을 완전히 내게 내맡기는 듯했으며, 지난날과 같은 결백하고도 부드러운 남편을 느끼게 했다.

"당신의 가장 큰 잘못은 나를 신뢰 속에서 잠자게 했던 거예요." 하고 나는 남편에게 말했다.

"그러면서 마흔네 살이 된 거죠. 난 지금 빈손인 데다 직업도 없고 오직 인생의 보람이라는 것은 당신 하나밖에 없는 셈이죠. 당신이 팔 년 전에만 내게 미리 얘길 했어도 난 독립된 인생을 가질 수 있었을 거고 이런 상황에도 훨씬 수월하게 적응할 수 있었을 게 아녜요?"

"하지만, 모니크!"

남편은 놀란 듯한 표정으로 말했다.

"내가 칠 년 전에 당신에게 《의학 잡지》의 비서직을 맡아 보라고 열심히 권하지 않았소! 당신에게 알맞은 일이었고 자리도 괜찮았는데 당신은 거절했잖아."

나는 그때 남편이 내게 했던 그 제안을 거의 잊어버리고 있었다. 내게는 시의에 맞지 않는 제안이라고만 생각됐었다.

"하루 종일 집과 아이들에게서 떨어져 살면서 한 달에 십만 프랑의 월급이라는 건 수지가 안 맞는다고 생각했던 거죠" 하고 나는 대답했다.

"당신은 그때도 그렇게 대답했었지. 나는 무던히도 권했는데 말이오."

"그때 당신이 진짜 이유를 말해 주었더라면, 다시 말해서 당신에겐 내가 전부가 아니니 나도 당신에게서 거리를 두고 내 생활을 해야 한다고 애길 해주었더라면 내가 그 일을 수락했겠죠."

"그리고 나서 또 무쟁에서도 내가 다시 한 번 직장을 가져 보라고 권하지 않았소? 그런데 그때도 당신은 거절했지."

"그때는 내 마음이 당신의 사랑으로 가득 차 있어서 다른 일을 할 여유가 없었던걸요."

"지금도 늦진 않아" 하고 남편은 말했다.

"내가 일자리는 쉽사리 구해 줄 수 있을 거야."

"그게 나에게 위안이 될 수 있으리라고 생각하세요? 팔 년 전 같았으면 지금처럼 터무니없게 생각되지는 않았을 테죠. 뭔가 이룩해 볼 수 있는 기회도 많았을 테니까요. 하지만 지금은……"

이야기가 거기에 미치자 장시간 제자리에서 맴돌기만 하고 조금도 진전이 없었다.

무엇인가 내게 할 일을 마련해 주게 되면 남편의 마음이 다소 편안해지리라는 것을 나는 충분히 느꼈다.

그러나 나는 남편의 마음을 편안하게 해주고 싶은 생각이 추호도 없다.

나는 12월 초하루 —— 내겐 특별한 날이 되었지만—— 우리가 주고받았던 애기를 다시 꺼냈다. 남편은 정말로 나를 이기적이며 독재적이며 남의 생활을 침범하고 있다고 생각하는 것일까?

"아무리 화가 났다 하더라도 그 애기들을 전부 만들어 낸 건 아니었겠죠?"

남편은 약간 주춤하더니 웃으면서 설명했다. 나는 내 자질에서 오는 결점을 가지고 있다는 것이다. 즉 나는 늘 곁에 있으면서 세심한 염려를 기울인다. 그것은 귀중한 일이지만 그러나 이따금 이쪽의 기분이 좋지 않을 때는 그것이 피곤하게 느껴진다. 나는 또 너무나 과거에 충실한 나머지 과거를 조금만 잊어도 죄가 되며 취향이나 의견을 바꾸어도 죄책감을 느끼게 한다.

그건 그렇다 치고 남편은 정말 내게 원망을 하고 있단 말인가? 10년 전에 그는 나를 원망했다. 그건 나도 잘 알고 있다. 그때 우리는 싸움을 자주 했으니까. 하지만 그것도 다 끝나 버린 과거의 일이다. 왜냐하면 그는 결국은 자기가 원하던 일을 했으며 세월이 감에 따라 나도 그의 뜻이 옳았다고 인정하게 되었으니까.

그리고 또 우리의 결혼은? 내가 결혼을 강요한 것으로 그는 생각하고 있는 것일까? 천만에. 결혼은 우리 둘이서 함께 결정했던 일이 아닌가……

"당신은 전에 날더러 내가 당신 일에 관심을 안 갖는다고 비난했지요?"

"그건 좀 섭섭한 게 사실이야. 하지만 당신이 나를 즐겁게 해주기 위해서 억지로 관심을 가져 준다면 그건 더욱 섭섭할 걸."

그의 목소리에 용기를 얻어서 나는 내가 가장 괴로워하고 있는 질문을 했다.

"당신은 콜레트와 뤼시엔 때문에 나를 원망하고 있지요? 그 애들이 당신을 실망시킨 것이 모두 내 책임이라고 생각하세요?"

"내가 무슨 권리로 실망을 하고 또 무슨 권리로 당신을 원망하겠소?"

"그렇다면 왜 그토록 증오심을 갖고 그런 얘기를 했죠?"

"아, 그건 나로서도 쉬운 일이 아니었소. 난 나 자신에 대해서 화가 나 있었으니까 부당한 화풀이가 당신에게 돌아간 거요."

"그렇다 하더라도 당신은 이제 전처럼 나를 사랑하지는 않잖아요? 당신이 아직도 나를 소중하게 생각한다는 거야 그럴지도 모르죠. 하지만 지난 이십대와 같은 사랑은 이미 아니잖아요?"

"그건 당신의 경우도 마찬가지요. 이미 이십대의 사랑은 아니지 않소? 이십대엔 난 당신을 사랑하면서 동시에 연애를 사랑했던 거요. 그 당시의 그런 열광적인 면은 이제 사라진 거요. 변했다면 바로 그거지."

모리스와 옛날처럼 다정하게 이야기를 나누는 것은 즐거웠다. 곤란은 덜어지고 추궁조의 질문들은 연기처럼 사라졌으며 사건은 용해되고 진실과 거짓이 몽롱한 뉘앙스로 아롱져 가라앉고 있었다. 결국은 아무 일도 일어나지 않은 것이다. 노엘리 같은 것은 존재하지도 않는다는 느낌마저 들었다……

착각, 요술.

사실상 이번 얘기는 아무런 변화도 가져오지 못했다. 오직 얘기 속의 대상에 이름만을 바꾸어 놓았을 뿐 조금도 달라진 것이 없었다.

새로운 것은 아무것도 알아내지 못했다. 과거는 여전히 어두운 채로 남아 있으며, 미래 또한 여전히 불확실한 그대로였다.

15일 화요일

어젯밤, 나는 오후에 있었던 그 실망스러운 대화를 다시 계속해 보고 싶었다. 그러나 남편은 저녁 식사를 끝낸 후에 일이 있었고, 그 일이 끝나자 자야겠다는 것이었다.

"아까 오후에 충분히 얘기한 걸 가지고 뭘 또 그래. 더 할 말이 뭐가 있겠소. 내일 아침엔 난 일찍 일어나야 하고."

"사실은 아무것도 얘기한 게 없잖아요."

남편은 하는 수 없다는 듯한 얼굴이었다.

"그래, 무슨 말을 또 하라는 거요?"

"그래요! 난 역시 알고 싶은 일이 있어요. 당신, 우리의 장래를 어떻게 생각하고 있죠?"

그는 잠자코 있었다. 내가 아픈 곳을 찌른 것이다.

"난 당신을 잃고 싶진 않소. 하지만 그렇다고 노엘리를 단념하고 싶지도 않아. 그 밖의 일은 나도 잘 모르겠어……"

"그 여자가 이런 이중 생활에 만족하고 있나요?"

"만족 안 하면 어쩌겠소?"

"그렇군요. 나처럼 말이죠. 그래서 당신, '클럽 46'에서 우리 사이에 변한 건 하나도 없단 말을 하셨군요!"

"난 그런 소린 안 했는데."

"우리가 춤을 추고 있을 때 당신이 말했잖아요. '우리 사이에 변한 건 하나도 없다'라고. 그래서 난 당신을 알았던 거예요!"

"그런 소릴 한 건 모니크, 당신이었소. '중요한 건 우리 사이에 아무것도 변한 것은 없다'라고. 난 그 말에 반대는 안했지. 그저 잠자코만 있었소. 그 순간에 얘기를 깊은 데까지 몰고 갈 수는 없었잖소."

"당신이 그때 그 말을 했어요. 난 똑똑히 기억하고 있어요."

"당신은 그날 너무 마셨어. 정말이오. 그러니 당신은 그 뒤에 그런 생각을 했던 거요."

나는 그 이상은 더 계속하지 않았다.

그런 건 아무래도 좋았다. 중요한 것은 남편이 노엘리를 단념하고 싶지 않다는 사실이다. 그건 나도 알고 있지만 아무래도 믿어지지가 않는다.

나는 불쑥 스키 여행은 가지 않기로 했다고 그에게 통고했다. 나는 그 문제를 곰곰이 생각한 끝에 안 가기로 결심한 것은 잘한 일이라고 기뻐하고 있다. 지난날에는 그와 함께 산에 가는 것을 얼마나 좋아했던가. 그러나 지금과 같은 상황에서 산에 함께 간다는 것은 참을 수 없는 일이다.

남편과 먼저 산에 갔다가 다른 여자에게 쫓겨 자리를 양보하고 패배자로서 돌아온다는 것은 견딜 수 없는 일일 것이다. 그렇다고 노엘리의 뒤에 가는 것도 역시 역겨워서 싫다. 남편이 노엘리를 그리워하면서 나와 그녀의 모습을 머릿속에 그려 보고 나의 슬픔과 그녀의 미소를 비교하리라는 것을 내가 알면서야 어찌 산에 가겠는가.

나는 계속 서투른 실수만 할 것이 뻔하며 그럴수록 남편은 내게서 완전히 해방되고 싶은 생각에 더 빠지게 될 게 뻔할 테니 말이다.

"약속한 열흘을 그 여자하고나 가서 지내다 오세요" 하고 나는 남편에게 말했다.

이번 일로 내가 의견을 먼저 낸 것은 오늘이 처음이었기 때문에 남편은 몹시 당황한 것 같았다.

"모니크, 그래도 난 당신하고 같이 가고 싶소. 우린 전에 눈 속에서 마냥 즐거운 날들을 보내지 않았소!"

"바로 그래서 안 가겠다는 거예요."

"그럼, 당신은 올 겨울엔 스키를 안 타겠단 말이오?"

"여보, 스키의 즐거움도 이런 때엔 별게 아닐 거예요."

남편은 완강히 나를 설득시키려 들었다. 그는 내가 안됐던 모양이었다. 나의 하루하루의 슬픔에 대해서는 그도 이젠 익숙해져 있었지만 나에게 스키를 단념하게 한 것은 양심의 가책이 되는 것이었다.

(나는 공정하지 않다. 그는 익숙해진 것이 아니다. 양심에 걸리고 있는 것이 겉으로도 훤히 들여다보인다. 그는 잠을 자려면 수면제를 마셔야 하고 얼굴은 무덤에서 파낸 시체와 같다. 나는 그런 것에 마음이 움직이지 않는다. 실은 그에게 원한까지 품고 있는 처지이다. 만일 그가 이런 실정을 잘 알면서도 나에게 고통을 주고 또 자기 자신도 고통을 받고 있다면 그건 노엘리를 끔찍이도 좋아하기 때문인 것이다.)

우리는 오랫동안 얘기했다. 나는 양보하지 않았다. 결국은 그가 몹시 지친 표정이기에——초췌한 얼굴에 눈 둘레에는 움푹하게 그늘이 졌기에——나는 그를 잠자리로 보냈다. 그는 마치 평화의 항구에 닻을 내리듯 잠이 푹 들었다.

16일 수요일

조금 전까지도 빗방울이 때리던 유리창에서 흘러 내리는 물방울을 바라본다. 물방울들은 수직으로 흐르지 않는다. 마치 지극히 작은 동물이 우리가 알 수 없는 어떤 불가사의한 이유 때문에 좌우로 빗겨 내리면서 움직이지 않는 다른 물방울들 사이를 교묘히 빠져 나가다가는 멈추고 또 다시 무엇인가를 찾아가는 것 같다.

내게는 이제 할 일이 아무것도 없는 듯한 느낌이 든다. 전에는 늘 할 일이 많았었는데. 이제는 뜨개질도 요리도 책을 읽는 것도 레코드를 듣는 일도 모두가 부질없는 짓인 것처럼 느껴진다.

모리스의 사랑은 내 인생의 한 순간 한 순간에 귀중한 것을 주었었다. 지금 내 인생은 공허하다. 모든 것이 텅 비어 있다. 사물도, 시간도, 그리고 나도.

지난번 마리 랑베르에게 나는 내가 총명한 여자인지 아닌지를 물어본 일이 있다. 그때 그녀의 맑은 눈길이 내 눈길 속에서 딱 멎었다.

"당신은 대단히 총명한 분이에요. 하지만……"

나는 말했다.

"하지만이라니요?"

"지능이란 양분을 주지 않으면 감퇴하는 거예요. 남편께서 일자리를 구해 주시겠다면 일을 한번 해보시죠."

"제가 할 수 있는 종류의 일이란 제겐 별로 도움도 안 될 걸요."

"그야 알 수 없죠."

저녁

오늘 아침, 문득 영감 같은 것이 떠올랐다. '모두가 내 탓' 이라는 생각. 내가 저지른 가장 중대한 잘못은 시간이 지나간다는 사실을 깨닫지 못했다는 점이다. 시간은 지나가는데 나는 이상적인 남편의 이상적인 아내의 자리에 머물러 있었던 것이다.

우리의 성생활에 생기를 불어넣어 줄 생각은 않고 나는 지난날의 우리의 밤 생활에 대한 추억에만 황홀해 하고 있었던 것이다. 나는 서른 살 때의 얼굴과 육체를 그대로 지니고 있는 줄로만 믿고 있었다. 그래서 몸도 가꾸지 않고 미용체조도 하지 않고 미장원에도 다니지 않았다.

지능도 감퇴하도록 내버려 두었다. 교양을 높일 생각도 안 했었다. 그거야 이 다음에 아이들이 모두 내 곁을 떠난 뒤에 해도 되려니 생각하고 있었다.

(어쩌면 아버지의 죽음이 나의 이런 무기력과 관계가 있었는지도 모른다. 무엇인가가 그때 무너져 버린 것이다. 나는 그때부터 시간을 정지시켜 버렸다.)

그렇다, 모리스와 결혼했던 젊은 여학생── 갖가지 사건과 사랑과 책에 열중하던 그 여학생──과 네 개의 벽 속에 갇혀 있는 집안만이 온 우주가 되어 버린 지금의 아내와는 전혀 거리가 멀 것이다.

모리스를 그 속에 가두려는 경향이 내게 있었던 것은 사실이다. 나는 그가 가정만으로 만족할 수 있으리라 믿어 왔다. 나는 그의 모든 것을 소유하고 있는 줄로 알았다. 전반적으로 나는 모든 문제에 그가 나와 같은 의견을 가진 것으로 알고 있었다.

변모하며 매사를 토의하고 넘어가는 성격의 모리스로서는 나의 이런 태도에 역정이 날 수밖에 없었을 것이다.

역정을 낸다면 너그러워질 수야 없는 일이다.

또한 정절에 대한 우리의 약속만 해도 나는 너무 완고하게 고집하지 않았어야 옳았다. 만일 내가 모리스에게 자유를 주었더라면—— 그리고 나도 내 자유를 누렸더라면—— 은밀한 정사가 지닌 현혹적인 매력으로 노엘리가 득 보는 일도 없었을 것이다. 그리고 나도 즉시 맞서서 행동할 수 있었을 것이다. 지금도 늦지는 않았을까?

나는 마리 랑베르에게 나의 이 모든 생각을 모리스에게 설명한 다음에 적절한 조치를 취하겠다고 말했다. 나는 이미 조금씩 다시 책도 읽고 레코드로 듣기 시작했다. 좀더 진지한 노력을 기울여야 하겠다. 체중도 몇 킬로그램 줄이고 옷에도 신경을 쓸 작정이다.

모리스와는 좀더 자유롭게 이야기하고 침묵하지 않겠다고 말했다.

마리 랑베르는 담담한 표정으로 내 말을 들었다.

그녀는 내게 최초의 임신이 모리스와 나 두 사람 가운에 누구에게 책임이 있었는지 알고 싶다고 말했다. 양쪽에 다 있었을 것이다. 달력의 날짜를 너무 믿고 있었다는 점에서는 내게 책임이 있을지도 모른다. 그러나 날짜가 틀린 것은 내 탓도 아니다. 내가 어린애를 낳자고 우겼던가? 아니다. 그럼 낳지 않겠다고 말했던가? 그것도 아니었다. 그냥 저절로 결정되어 버린 것이다.

마리 랑베르는 내 말을 그다지 신용하지 않는 것 같았다. 그녀의 생각으로는 모리스가 나를 대단히 원망스럽게 생각해 왔으리라는 것이었다. 나는 이자벨의 의견으로 그 말에 반론을 폈다. 즉 모리스가 어린애를 원치 않았다고 한다면 우리의 신혼 생활이 그토록 행복하지는 않았을 게 아니냐고.

마리 랑베르의 대답은 지나치게 정밀한 것으로 생각되었다. 모리스는 자신의 후회를 인정하지 않으려고 연애에 자신을 걸었다는 것이다. 그

143

는 열광적으로 행복을 추구했다. 그러다가 그 행복이 일단 시들해지자 억눌렀던 원망이 다시 되살아났다는 것이다. 하지만 그 설명은 근거가 박약하다는 것을 의사 자신도 느끼고 있었다. 그녀는 모리스가 새로운 불만을 느끼지 않았더라면 지난날에 있었던 그 불만은 그를 내게서 멀어지게 할 정도로 악화되지는 않았을 것이라고 말했다. 그 말에 나는 모리스의 불만은 전혀 없었다고 주장했다.

솔직히 말해서 마리 랑베르는 나를 약간 불쾌하게 만들었다. 그들은 모두 내가 모르고 있는 사실을 알고 있는 것 같아서 나를 불쾌하게 만든다.

모리스나 노엘리가 여러 가지 사건에 대해서 자기들의 의견을 퍼뜨리고 다니건 말건, 모두들 이런 종류의 정사 경험이 있어서 자기들의 도식 속에 나를 집어 넣건 말건, 나 자신에게는 잡히지 않는 나의 모습을 모두 밖에서 바라봄으로써 사태가 명료하게 드러나 보이건 말건…… 내가 알 바 아니다.

사람들은 내 눈치만 보고 내가 그들에게 이야기를 걸면 그들이 말을 신중하게 삼가는 것을 나는 느낄 수 있다.

마리 랑베르는 내가 스키 여행을 단념한 것에 찬성을 표시했다. 그러나 그것은 내가 나 자신의 고통을 피해 보자는 조치였을 뿐, 그 때문에 모리스의 기분에 변화가 일어나리라고는 생각지 않는다는 것이었다.

나는 모리스에게 내가 나빴던 점을 깨달았노라고 말했다. 그는 내 말을 가로막았다. 요즘에 와서는 내게도 사뭇 익숙해져 버린 그 짜증 나는 듯한 태도로 그는 말했다.

"당신이 자책할 거야 뭐가 있겠소? 밤낮 지난 얘기만 가지고 들추지 맙시다!"

"그것 말고 할 얘기가 내게 또 있는가요."

그 무거운 침묵.

내게는 나의 과거 이외에는 아무것도 없다. 그러나 이제는 행복도 자랑도 아닌 과거이다. 그것은 한낱 수수께끼이며 불안일 뿐.

그에게서 진실을 끌어내고 싶다. 하지만 자신의 기억이라는 것을 믿어도 괜찮은 것일까? 나는 꽤나 많은 것을 잊어버렸다. 그리고 때로는 사실을 왜곡한 일도 있는 것 같다.

("아무것도 변한 것은 없다"는 말은 누가 했던가? 모리스였을까? 아니면 나였을까? 나는 이 일기에 모리스가 말했던 걸로 썼는데. 혹시 내가 그렇게 믿고 싶었는지도 모르지……)

내가 마리 랑베르의 말에 반박하고 나선 것은 그녀에게 약간의 적의가 있었기 때문이다.

실은 나는 모리스에게서 여러 번 그녀가 말하는 그 원망이 사무친 감정을 느꼈다. 내 생일날 밤 그는 그 감정을 부인했지만 그가 내뱉은 말들이며 억양들은 아직도 내 가슴속에 울리고 있다. 나는 그것을 대수롭지 않게 생각하려고 애썼다. 그런데도 그것들은 잊혀지지 않은 채 있는 것이다.

콜레트가 그 '바보 같은' 결혼을 결정했을 때 남편은 콜레트에게 화를 내면서도 한편으로는 은근히 나를 공격했던 것이 분명했다. 콜레트의 센티멘털리즘, 안정된 생활에의 욕구, 내성적인 면, 소극성——그 모든 것이 나에게 책임이 있다고 그는 생각하고 있는 것이다.

그러나 그에게 가장 큰 타격은 뤼시엔이 집을 떠났을 때였다.

—— 그 애는 당신에게서 도망가려고 집을 떠난 거요.

남편이 이런 생각을 하고 있다는 것은 나도 알고 있다. 그것은 과연 어느 만큼이나 진실일까? 다른 엄마였더라면 —— 나보다는 걱정도 덜 하고 신경도 덜 써 주는 엄마였더라면 —— 뤼시엔이 가족과의 생활을 참고 견디었을까? 그렇지만 그 애가 집에 있던 마지막 해엔 우리 모녀 사이가 훨씬 원만한 관계에 있었으며 그 애도 그전보다 신경질을 덜 부렸는데, 그것도 그 애가 집을 떠날 생각 때문이었을까? 뭐가 뭔지 알 수가 없게 되었다.

만일 내가 딸들의 교육에 실패했다면 나의 인생 전체도 실패한 것이나 다름없는 것이다. 그러나 그렇게는 도저히 믿을 수 없다. 그러면서도 그런 의혹이 머릿속을 스치면 나는 심한 현기증을 느낀다.

모리스가 아직도 내 곁에 남아 있는 것은 연민의 정 때문일까? 만일 그렇다면 그에게 떠나라고 말해야 옳을 것이다. 그런 용기는 내게 없다.

그가 그대로 집에 눌러 있게 될 경우 노엘리는 어쩌면 실망에 빠질지 모르며, 그리하여 발랭이나 혹은 다른 남자에게 눈을 돌릴지도 모른다. 혹은 모리스가 우리 두 사람이 서로 얼마나 귀중한 존재인가를 새로이 인식하게 될지도 모른다.

나를 피곤하게 만드는 것은 수시로 바뀌는 모리스의 친절과 우울증이다.

나는 어느 쪽 문이 열릴는지를 전혀 가늠할 수가 없다. 그는 마치 내게 고통을 준 것을 못 견뎌하면서도 한편으로는 내게 희망을 너무 안겨 주는 것을 두려워하는 것 같다. 나는 절망 속에서 얼어붙어야 하는 것이 아닐까?

그렇게 되면 모리스는 내가 누구였으며 왜 나를 사랑했었는지조차도 완전히 잊어버리고 말 것이다.

17일 목요일

마르그리트가 다시 도망을 쳐서 찾지 못하고 있다. 그 애는 진짜 불량 소녀와 함께 달아난 것이다. 아마 매음이나 도둑질을 하겠지.

가슴 아픈 일이다. 하지만 나는 비통한 줄도 모르겠다.

이젠 아무것에도 마음이 움직이질 않는다.

18일 금요일

어젯밤에 또 그들을 목격했다. 그들이 자주 가는 '2천년'의 주위를 서성대고 있을 때였다.

그들은 노엘리의 차에서 내렸다. 모리스는 그녀의 팔을 끼고 두 사람은 웃고 있었다. 집에서는 상냥하게 대할 때조차도 그는 항상 어두운 얼굴을 하고 있다. 그의 미소 역시 억지로 웃는 미소였다.

──쉽게 풀릴 사태는 아니야……

그는 내 곁에 있으면 한시도 그 생각을 잊는 일이 없다. 그러나 노엘리 곁에서는 잊어버린다. 그는 편안하고 태평하게 웃고 있었다.

나는 그 여자에게 상처를 주고 싶은 생각이 왈칵 치밀었다. 그런 짓은 여자 특유의 감정이며 옳지 못하다는 것을 나는 안다. 그녀가 내게 진 빚은 하나도 없다. 그런데도 그런 기분이 든다. 사람들은 비겁하다. 발랭 부인이 노엘리에 대한 얘기를 했다는 그 친구를 만나게 해달라고 디아나에게 부탁하자 디아나는 난색을 표명했다.

그 말을 발설했다는 그 친구가 이젠 그 사실에 대해서 확신이 별로 서지 않는 모양이었다.

발랭 씨는 꽤 이름이 나 있는 어떤 여자 변호사와 관계가 있는 모양인데 발랭 부인이 그 여자 이름은 대지 않았다는 것이다. 다만 그것이 전에 발랭 씨의 회사를 여러 번 변호해 준 일이 있는 노엘리라고 추측만 할 수 있을 뿐이라는 것이었다.

하지만 다른 여자일 수도 있다나……

지난번에 디아나가 그 얘기를 할 때는 그처럼 자신만만하더니. 그 친구라는 여자가 말썽이 날 것을 두려워했든가 아니면 디아나 자신이 내가 그 얘기로 어떻게 할까봐 겁이 난 모양이다.

디아나는 그렇지 않다고 부인했다. 그녀는 나를 돕고 싶은 생각뿐이라는 것이다.

그럴지도 모른다. 그러나 그들은 모두 나를 도와 주는 가장 좋은 방법에 대해서 자기 나름대로의 생각들을 저마다 가지고 있는 것이다.

20일 일요일

콜레트를 만날 때마다 나는 수없이 캐어묻는다. 그래서 어제는 그 애가 눈물까지 글썽거렸다.

"엄마가 우릴 너무 싸고 돌았다고는 생각하지 않아요. 난 엄마가 그렇게 해주는 게 좋았지만…… 작년에 뤼시엔이 엄마를 어떻게 생각했는지 알고 있느냐고요? 나와 뤼시엔은 사이가 별로 좋지 않았어요. 그앤 나까지 비판을 했으니까요. 뤼시엔은 엄마랑 나를 너무 감상적이라고 생각했지요. 자기는 냉혹한 소녀처럼 행세하고 있었으니까요. 하지만 뤼시엔이 어떻게 생각했든 그게 무슨 상관이 있어요? 그건 신의 말씀도 아닌데."

물론 콜레트가 내게 시달림을 당했다고는 생각되지 않는다. 그것은 그 애 스스로 자발적으로 내가 기대한 대로 자라왔기 때문이다. 그러니 지금의 자신의 상태를 억울하게 생각할 리는 물론 없다.

나는 콜레트에게 권태를 느끼지는 않느냐고 물었다. (장 피에르가 무척 착한 사람이기는 하지만 별로 재미는 없는 사람이니까.)

콜레트는 그렇지 않다고 대답했다.

오히려 일에 쫓겨 정신이 없을 지경이라고 말했다. 가정을 지키기란 생각했던 것처럼 간단하지는 않다고 했다. 책을 읽을 시간도 음악을 들을 시간도 없어졌다는 것이었다.

"그래도 시간을 내도록 노력해야 한다. 안 그러면 나중엔 바보가 되어버린단다"라고 나는 콜레트에게 타일렀다.

나는 경험자로서 얘기하는 것이라고 말했다. 콜레트는 웃었다. 엄마가 바보라면 자기도 바보가 되어도 좋다고 말했다.

콜레트는 나를 다정하게 사랑해 준다. 적어도 이것만은 아무도 내게서 뺏아갈 수는 없다. 그러면서도 그 애는 내게 짓눌려서 살았을까?

나는 콜레트에게 전혀 다른 인생을 예상하고 있었다. 보다 활동적이며 보다 풍부한 인생을.

내가 그 애 나이였을 때는 모리스의 곁에서 훨씬 풍요한 인생을 보냈었다.

그 애는 내 그늘 밑에서 사느라고 일찍 시들어 버린 것일까?

나는 내 눈이 아닌 다른 사람의 눈으로 자신을 보고 싶다! 콜레트의 친구로서 필상학을 좀 공부했다는 여자에게 지난번 거론되었던 그 세 통의 편지를 보였다.

그녀는 모리스의 필체에 특히 관심을 보였다. 내게 대해서는 좋은 말만을 해주었다. 노엘리에 대해서는 그렇지도 않았다.

그러나 필체에 대해 상담하는 나의 의도가 어디에 있는지를 그녀가 분명히 알고 있는 이상 결과도 틀림없이 그 영향을 받았음이 뻔한 일이다.

일요일 밤

뜻밖에 기쁜 얘기를 들었다. 모리스가 방금 "연말 만찬은 물론 같이 보내야지"라고 말한 것이다.

내가 스키 여행을 포기한 데 대한 보상으로 그가 그런 제안을 했으리라 생각된다. 이유는 어쨌건 상관없다. 나의 기쁨을 물리치지 않기로 결심했다.

12월 27일 일요일

그런데 실상은 기쁨이 오히려 나를 물리친 셈이 되고 말았다. 모리스가 눈치를 채지 않았어야 할 텐데.

그는 '클럽 46'에 테이블 하나를 예약해 놓았다. 호화로운 식사에 멋진 여흥, 그는 돈과 친절을 마구 뿌렸다.

나는 아름다운 새 드레스를 입고 시종 미소를 지었으나 견디기 어려운 불안에 사로잡혀 있었다. 그곳에 온 부부들은 모두가 다 잘 차려입고 장식을 달았으며, 머리를 아름답게 가꾸고 화장을 곱게 한 여자들은 일류 치과 의사에게서 손질한 고운 이를 드러내며 웃고 있었다.

남자들은 여자들의 담배에 불을 붙여 주거나 샴페인을 따라 주었다.

그들은 서로의 눈을 마주 보면서 정다운 말들을 나누고 있었다.

전에는 그들 여자와 상대방 남자, 그리고 남자와 그의 여자 사이를 연결하고 있는 유대가 내게도 손에 잡힐 듯 확실하게 느껴졌다.

나는 그들 부부 사이를 믿고 있었다. 내가 우리 부부 사이를 믿었으니까.

지금은 그들 개개인이 우연히 마주 앉아 있는 것처럼 보였다. 간간이 지난날의 환영이 되살아났다.

모리스는 내 피부에 밀착되어 있는 존재처럼 느껴졌다. 콜레트가 내

딸인 것과 마찬가지로 그는 내 남편이며 그것은 뒤집어엎을 수 없는 사실이기 때문이다. 그것은 혹 어쩌다가 잊어버린다든가 전락할 수는 있어도 결코 소멸될 수는 없는 관계인 것이다.

그러나 그에게서 내게로 통하는 것이 이젠 아무것도 없게 되었다.

우리는 두 사람의 이방인. 나는 외치고 싶었다. 모두 거짓말이야, 희극이야, 엉터리 연극이야! 함께 샴페인을 마신다고 해서 서로 마음이 통하는 생활을 보내고 있다는 것은 아니다.

집으로 돌아오자 남편은 내게 키스를 했다.

"기분 좋은 밤이었지. 안 그렇소?"

그는 즐겁고 긴장이 확 풀린 얼굴이었다. 나는 물론 그렇다고 말했다.

12월 31일 밤에는 이자벨의 집에서 연말 만찬을 들게 되어 있다.

1월 1일

모리스의 기분이 좋았던 것을 기뻐해서는 안 된다. 그 진짜 이유는 열흘 동안 노엘리와 함께 산에 가게 되어 있었기 때문이었다.

그러나 내가 희생을 치르고서라도 그가 상냥함과 명랑한 기분을 되찾았다면 결국 나는 득을 보는 셈이다. 평소의 그는 대체로 신경이 곤두서 있고 불만스러운 얼굴을 하고 있기 때문이다.

이자벨의 집에 도착했을 때 우리는 다시 한 쌍의 부부였다. 억지로 다시 이어 붙인 듯한 절름발이 부부이긴 했지만 일단은 다시 결합된 부부였다.

다른 부부들이 우리 주위로 몰려왔다. 이자벨과 샤를, 쿠튀리에 부부, 콜레트와 장 피에르, 그리고 그 밖의 몇몇 쌍들.

멋진 재즈 음악 속에서 나는 술을 좀 마셨다. 그리고 모처럼——얼마 만이던가?——나는 즐거운 기분을 맛보았다. 즐거운 기분—— 그것은 투명한 공기와 시간의 유동성, 그리고 편안히 숨쉴 수 있음을 뜻한다.

그 이상은 나는 아무것도 바라지 않는다.

어쩌다가 나는 르두〔18세기 프랑스의 건축가〕가 세운 레 살린에 관해서 얘기를 꺼내게 되었는데 그것을 상세하게 설명할 수 있었는지 지금은 기억이 나지 않는다.

그러나 어쨌든 사람들은 모두 내 얘기에 귀를 귀울이며 이것저것 질문을 해왔다. 그러자 문득 나는 내가 노엘리의 흉내를 내고 있는 것이나 아닌가, 그 여자처럼 남들 앞에서 자기를 돋보이고 싶은 것이 아닌가, 모리스가 가소롭다는 듯한 눈길로 수없이 나를 바라보지나 않았을까 하는 생각이 스쳐갔다.

모리스는 약간 신경이 거슬린 것같이 보였다. 나는 이자벨을 한쪽으로 불러내어 물었다.

"내가 너무 떠든 게 아닐까? 우스꽝스럽게 보이지 않았나 몰라."

"천만에. 얘기가 아주 재미있었는걸" 하고 이자벨은 내 질문을 부인했다.

내가 그토록 불안해 하는 것을 보자 이자벨도 마음이 편치 않았던 것이다.

불안한 생각이 든 것은 내가 옳지 못했기 때문이었을까, 아니면 내가 옳았기 때문이었을까?

나중에 나는 모리스에게 왜 그리 역정난 얼굴을 하고 있었느냐고 물었다.

"내가 언제 그랬소?"

"하지만 꼭 그랬던 것 같은 말투로군요."

"아니야."

어쩌면 내 질문이 그를 역정나게 했는지도 모른다.

모르겠다. 그후로는 언제나 어디서나 내 말과 행동의 배후에는 나로서도 다룰 수 없는 어떤 이면이 숨겨져 있었다.

1월 2일

어젯밤 우리는 콜레트의 집에서 저녁을 먹었다. 가엾게도 그 애는 애써 준비했지만 실패하지 않은 것은 하나도 없었다. 나는 모리스의 눈으로 콜레트를 보고 있었다.

콜레트의 아파트는 매력이 없다.

그건 확실하다. 옷이나 가구에서까지도 콜레트의 창의성은 거의 보이지 않았다.

장 피에르는 무척 친절하고 콜레트를 끔찍이 사랑하고 있다. 진실한 사람이다. 하지만 그 사람과는 무슨 얘기를 나누어야 좋을지 모른다. 그들은 외출도 안 하고 친구도 별로 없다. 생기 없고 옹색한 생활이었다.

또 한 번 나는 무서운 생각에서 자문해 보았다. 열댓 살 때는 그처럼 재기 발랄하던 여학생이 지금 이처럼 맥빠진 여자가 되어 버린 것도 내 탓일까? 흔히 볼 수 있는 변모이며, 나는 이와 비슷한 경우를 수없이 보아왔다. 그런데 그것은 언제나 부모의 책임인지도 모른다.

모리스는 어젯밤 내내 몹시 즐겁고 유쾌했다. 콜레트의 집을 나오면서도 한마디 비평이 없었다. 이것저것 생각이 많았을 텐데도 불구하고.

어제는 모리스와 하루 종일 집에만 있다가 밤에도 나와 함께 콜레트의 집에서 밤을 보낸 것이 이상하게 여겨졌다.

수상하다는 생각이 들어 조금 전에 나는 노엘리의 집에 전화를 걸어 보았다. 만약 그 여자가 받으면 수화기를 놓을 생각이었다. 전화는 비서가 받았다.

"게라르 부인께선 내일이나 파리에 돌아오십니다."

어째서 나는 아직도 이토록 순진한가!

노엘리 게라르가 파리에 없기 때문에 내가 그 빈자리를 대신 메꾸어 준 것이었다. 나는 분해서 숨이 막힐 지경이다. 모리스를 쫓아내고 이번에야말로 정말 끝장을 내고 싶은 심정이다.

나는 격렬하게 모리스를 공격했다. 그는 노엘리가 파리를 떠난 것은 자기가 연말을 나와 함께 보내기로 결정했기 때문이라고 말했다.

"그렇지 않아요! 이제 생각하니 그 여잔 늘 연말을 딸과 함께 전 남편의 집에서 보내기로 되어 있어요."

"그 여잔 거기서는 나흘밖에는 머무르지 않을 계획이었소."

남편은 진지한 표정으로 내게 말했다. 그는 이젠 별로 힘들지도 않고 그런 표정을 짓는다.

"어쨌든 둘이서 미리 짠 것 아녜요?"

"물론 그 문제를 그 여자와 얘기야 했지" 하며 남편은 어깨를 한번 추썩거리고 나서 말을 이었다.

"여자들이란 자기에게 주어진 것이 남한테서 억지로 빼앗은 거라야만 만족한단 말이야. 중요한 것은 그것 자체가 아니라 손아귀에 넣었다는 승리감인가 보오."

그들은 그 문제를 둘이서 결정했던 것이다. 그것은 지난 며칠간의 기쁨을 여지없이 망쳐 놓았다. 만약에 노엘리가 반대했더라면 남편은 필시 그녀에게 양보했을 것이다.

그 이야기는 내가 그녀의 변덕에 따라, 그녀가 관대하게 나오느냐 인색하게 나오느냐에 따라—— 요컨대 그 여자의 이익 여하에 좌우되는 꼴이 된 셈이다.

그들은 내일 밤 쿠르슈블로 떠난다. 나의 결정이 일반적인 궤도에서 벗어난 것은 아니었을까? 그는 3주 휴가 중에서 휴가를 2주만 얻었다.

(그것은 스키광인 그로서는 희생이 아닐 수 없노라고 그는 내게 이미 말한 바 있다.)

결국 그는 예정보다 닷새를 더 노엘리와 함께 보내게 된다. 그리고 나로서는 남편과 함께 있을 수 있는 날짜에서 열흘이 줄어드는 것이다.

노엘리는 모리스를 자기에게로 옭아 넣는 데 충분한 시간을 가질 수 있을 것이다. 휴가에서 돌아오는 길로 남편은 우리 사이는 이젠 완전히 끝이 났다고 말하겠지. 나는 스스로 자신을 실각시킨 셈이다! 나는 일종의 무기력한 상태에서 이렇게 혼자 중얼거린다.

어찌됐건 난 이젠 끝장이라는 느낌이 든다. 남편은 내 눈치를 살피고 있다.

그는 내가 자살이라도 저지르지 않을까 겁을 먹고 있는지도 모른
다——그런 일은 없다. 나는 죽고 싶지 않다——그러나 노엘리에 대한
남편의 집착은 식을 줄을 모른다

1월 15일

통조림이라도 한 통 뜯어야 할까봐. 아니면 목욕이라도 해야 할 텐데.
하지만 그래도 머릿속이 빙빙 돌기는 마찬가지일 것이다. 혹시 글이
나 쓴다면 정신이 그리로 쏠려 나 자신에게서 도망갈 수가 있다.

아무것도 먹지 않고 지내기를 몇 시간이나 되었을까? 며칠째 목욕을
안 했더라?

파출부에게 휴가를 주고 나는 집 안에 혼자 틀어박혀 있다. 현관의 벨
이 두 번 울렸다. 전화도 여러 번 왔지만 나는 일체 받지 않는다.

저녁 8시에 모리스에게서 오는 전화 이외에는.

모리스는 시간을 정확하게 지켜 매일 저녁 불안한 목소리로 전화를
걸어 온다.

"오늘은 그래 뭘 했소?"

이자벨이나 디아나, 혹은 콜레트를 만났다든가 아니면 음악회나 영화
관에 갔었노라고 나는 대답한다.

"오늘밤엔 뭘 하오?"

그러면 나는 디아나나 이자벨을 만나러 간다든가, 아니면 극장에 간

다고 대답한다. 그는 또 집요하게 묻는다.

"건강은 괜찮은 거요? 잠도 잘 자고?"

나는 그를 안심시킬 말을 꾸며댄다. 그리고 산에 눈은 어떠냐고 묻는다. 그러면 그는 "대단치는 않소. 날씨도 썩 좋은 편은 못 되고."

그의 목소리는 어딘가 침울하게 들린다. 마치 쿠르슈블에서 그는 지금 지겨운 고역이라도 치르고 있기나 한 듯이.

그러나 나는 알고 있다. 남편은 전화 통화가 끝나자마자 노엘리가 기다리고 있을 바로 웃으면서 돌아가리라는 것을. 그리고 노엘리하고 그날 하루에 있었던 일들을 생기가 넘치는 얼굴로 이야기하며 드라이진을 마시리라는 것을.

이건 내가 스스로 택한 길이 아닌가? 나는 스스로 이런 무덤 속에 갇히기로 작심했다.

이젠 밤과 낮도 구별할 수 없다. 너무 괴로워 견딜 수 없게 되면 알코올이나 진정제나 수면제를 마신다. 기분이 조금 나아지면 각성제를 먹고 추리 소설을 탐독한다. 추리 소설을 잔뜩 사다 놓았다.

그러다가 너무 조용해서 질식할 것만 같으면 라디오의 스위치를 켠다. 그러면 내게는 무슨 뜻인지도 모를 목소리들이 마치 먼 나라에서 흘러오듯 들려온다.

이 세계는 그 시대와 시간과 규칙, 언어, 근심거리, 오락들을 가지고 있지만 그 모든 것이 나와는 전혀 무관한 것들이다.

완전히 혼자서 집 안에 갇혀 버리면 매사에 극도로 무관심하게 된다. 방 안은 온통 피우다 남은 담배 꽁초와 술 냄새로 가득 차고 여기저기엔 담뱃재가 쌓여 있다. 나는 불결하다. 시트도 더럽고, 더러운 유리창 너머로 보이는 하늘도 더럽다. 이 더러움이 나를 지켜 주는 조개 껍질이다. 나는 결코 이곳을 빠져 나가지 않는다.

한 발자국 더 내디뎌서 무(無) 속으로, 다시 돌아올 수 없는 지점까지 미끄러져 들어가기란 쉬운 일일 것이다.

그것을 위해 필요한 것이 내 서랍 속에 있다. 하지만 난 그럴 생각은 없다. 그건 싫다! 나는 마흔네 살. 죽기에는 아직 너무 이르다. 그건 부당하다!

그러나 나는 더 이상 살 기력이 없다. 그렇다고 죽고 싶지는 않다.

지난 2주일 동안 나는 이 일기를 다시 읽느라고 한 자도 새로 쓰지는 않았다. 그리고 언어란 아무것도 말할 수 없다는 것을 알았다.

분노, 악몽, 혐오, 그런 것들은 말로는 표현될 수 없기 때문이다. 나는 절망 속에서도 혹은 희망 속에서도 힘을 되찾을 때마다 종이 위에 무엇인가를 적는다. 하지만 그 페이지들에는 파멸과 지력의 저하, 붕괴 같은 것은 표기되지 않고 있다.

더구나 그 페이지들은 거짓말도 많이 하고 과오도 수없이 범하고 있다. 나는 얼마나 멋지게 속아 넘어갔던가?

모리스는 서서히 서서히 "어느 쪽이든 한 쪽을 택하세요!"라는 말이 내게서 나오도록 몰아갔던 것이다. 그것은 그가 "노엘리를 단념할 수는 없다"는 대답을 내게 해주기 위해서였다.

아! 그 얘기를 다시 꺼내서 생각하지는 말자. 이 일기 속에서 다시 고쳐 쓰지 않아도 되거나 지워 버리고 싶지 않은 대목은 단 한 줄도 없다.

이를테면 레 살린에서 내가 일기를 쓰기 시작한 것은 갑자기 젊음이 되살아났거나 내 고독을 채우기 위해서가 아니었다. 그것은 눈에 보이지 않는 어떤 불안에서 벗어나기 위한 시도였던 것이다. 그 불안은 모리스의 침울한 기분과 그의 출발하고 관계가 있었지만 그날 기분을 무겁게 하던 오후의 더위와 침묵의 밑바닥에 감춰져 있었을 뿐이다.

그렇다. 이 일기는 첫 페이지부터 끝까지 내가 무엇을 쓰고 있는지를 생각하며 쓴 것이지만 정작 내가 생각했던 것은 그 반대였다. 그래서 그 페이지들을 다시 읽으면서 나는 완전한 혼란 속에 빠져 버린 느낌이다.

그 속에는 얼굴이 붉어질 정도로 창피한 말도 있다—— "나는 항상 진실을 추구했다. 내가 진실을 얻었다면 그것은 내가 진실을 원했기 때문이다."

자신의 인생에 대해서 이 정도로 착각을 할 수가 있을까! 다른 사람들도 모두 그렇게 눈이 멀어 있을까? 아니면 내가 유독 멍청이 중에서도 상멍청이란 말인가? 단순한 멍청이만도 아니다. 나는 나 자신에게 거짓말까지 한 것이다. 나는 얼마나 거짓말을 해왔던가! 나는 노엘리 같은 것은 문제도 안 되며 모리스는 나를 더 좋아하고 있다고 스스로에게 말한 적이 있다. 그런데 사실은 그렇지가 않다는 것을 나는 너무나 잘 알고 있지 않았던가.

나는 다시 펜을 잡았지만 그것은 다시 과거로 돌아가기 위해서가 아니다. 내 속과 내 주변에 너무도 큰 공허를 느꼈기 때문에 나는 내가 아직도 살아 있는지를 확인하기 위해서 내 손동작을 시도해 보아야만 했던 것이다.

나는 벌써 까마득한 옛날 같은 어느 토요일 아침, 그가 집을 떠나는 모습을 내다보던 이 창문 앞에 와서 이따금 서 본다. 그때 나는 "그가 다시는 돌아오지 않을 거야" 하고 혼자 중얼거렸다. 그러면서도 반드시 그러리라고는 믿지 않았다. 그것은 훗날 일어날 일에 대한, 그리고 이미 일어난 일에 대한, 번개 같은 직감이었다.

결국 옛날의 그이는 돌아오지 않았다. 그러다가 어느 날인가는 그이 그림자마저도 내 곁에서 사라지고 말 것이다.

차는 저 밑 보도에 세워져 있다. 남편은 차를 두고 간 것이다. 전에는 저 차가 그의 존재를 의미하고 있었다. 그것을 볼 때면 언제나 마음이 따스해 왔었으니까. 하지만 지금은 차가 그의 부재를 나타낼 뿐이다. 그는 떠났다. 영원히 떠난 것이리라. 나는 그이 없이는 살 수 없을 것이다. 하지만 자살할 생각은 없다.

그렇다면?

왜 그럴까? 나는 이 막다른 골목의 벽에 머리를 부딪히고 있다. 그런 비열한 인간을 내가 20년 동안이나 사랑했을 리는 없다.

나 자신은 모르고 있었지만 나는 어리석은 여자가 아니면 악처가 아니었던가! 우리 사이의 사랑은 진짜였으며 확고한 것이었다. 진실만큼이나 파괴될 수 없는 것이었다. 다만 흐르는 세월이라는 것이 있었는데 내가 그것을 모르고 있었던 것이다. 시간의 흐름, 그 흐름의 강물에서 생기는 침식.

그렇다. 시간의 흐름 때문에 그의 사랑이 침식된 것이다. 그렇다면 왜 내 사랑은 침식되지 않은 것일까?

나는 벽장에서 우리들의 옛날 편지가 들어 있는 상자를 꺼냈다. 내가 외다시피 기억하고 있는 모리스의 말 한마디 한마디에는 적어도 10년이란 세월이 새겨져 있다. 추억도 마찬가지다.

그러니까, 이렇게 생각하면 된다. 우리의 열렬한 사랑은 ——적어도 나에 대한 그의 사랑은 —— 10년밖에는 지속되지 않았으며 나머지 10년 동안은 그 추억만이 울려왔을 뿐, 실제로는 없었던 울림만이 사물에 퍼져 있었던 것이다.

그런데도 남편은 지난 수년 동안, 전과 똑같은 미소와 눈길을 보이지 않았던가.

—— 아! 다시 한 번 그의 눈길과 미소를 대할 수만 있다면!

가장 최근의 편지들은 재미있고도 다정한 것이었다. 그러나 내게 대해서 쓴 만큼이나 많은 비중을 딸들에게 두고 쓴 편지였다. 간간이 진정으로 따뜻한 말들이 평상시의 어조와 무척 대조적으로 쓰여 있었다. 하지만 거기에도 어딘가 부자연스러운 느낌이 없지 않았다. 나의 편지들은 다시 읽어 보려니까 눈물이 앞을 가려 읽을 수가 없었다.

그 편지들을 다시 읽어 보았다. 개운치 않은 감정이 남는다. 초기의 편지들은 모리스의 편지에 상응하는 열렬함과 반가움이 담겨져 있다. 뒤의 것들은 묘한 분위기를 느끼게 하는 편지들이었다. 불평기가 섞인 사뭇 비난조의 편지이다. 그래도 신혼 초기와 마찬가지로 우리는 서로 사랑하고 있다고 나는 열을 올려 주장하고 있다. 그리고 나는 그것을 다짐해 주기를 남편에게 요구하고 있으며 대답을 강요하는 질문들을 하고 있다.

억지로 끌어낸 대답이라는 것을 알면서도, 내가 어떻게 그런 편지에 만족할 수 있었을까? 그러나 나는 그런 것을 채 깨닫지 못하고 있었으며 잊어버리고 있었다. 나는 많은 것을 잊었던 것이다.

모리스가 내게 보낸 편지. 그와 전화를 한 후에 내가 태워 버렸다고 말했던 그 편지는 도대체 어떤 편지였을까? 나는 희미하게밖에는 기억이 나지 않는다. 그때 나는 아이들과 무쟁에 가 있었고 남편은 시험 준비를 끝낼 무렵이었다. 나는 그에게 편지를 자주 써 보내지 않는다고 비난을 했으며, 그는 강경한 투로 답장을 해왔다. 굉장히 강경한 투였다. 그래서 나는 속이 뒤집혀 전화통으로 달려갔고 그는 내게 사과했다. 그리고 그 편질랑은 제발 태워 버리라고 말했다.

그 밖에도 기억의 밑바닥에 매몰된 에피소드가 있었던가? 나는 항상 성실하다고 믿고 있었다. 나의 진짜 이야기는 내 배후에 있으며 그것은 오직 어둠일 뿐이라고 생각한다는 것은 끔찍한 일이다.

다음 다음 날

불쌍한 콜레트! 그 애에게 걱정을 끼치지 않으려고 애써 명랑한 목소리로 두 번씩이나 전화를 걸었는데!

그랬는데도 콜레트는 내가 자기를 만나러 오지도 않고 내게로 오라는 소리도 없는 것이 이상하게 생각되었던 것이다.

콜레트가 초인종을 누르며 하도 심하게 문을 두드리는 바람에 나는 그만 문을 열어 주고 말았다. 그 애가 너무나 놀란 얼굴을 하고 있기에 나는 그 애의 눈에서 자신의 모습을 그려보았다.

나는 또 아파트 안을 둘러보았다. 그리고 나 역시 아연해졌다.

콜레트는 억지로 나를 화장하도록 했고 짐을 꾸리게 했다. 억지로라도 자기 집으로 나를 데려가겠다는 것이었다. 아파트는 파출부가 와서 정리해 놓도록 이르겠다고 말했다.

장 피에르가 밖으로 나가자 나는 콜레트에게 매달려 이것저것 따져 물었다. 나와 아버지는 싸움을 자주 한 거냐?

어느 기간 동안에는 그랬다는 것이다. 그때까지는 우리 사이가 너무 좋았기 때문에 콜레트는 놀랍기도 하고 걱정도 되었다는 것이다. 그러나 그 뒤로는 부부 싸움을 안 했던 것 같다는 것이다. 적어도 그 애 앞에서는.

"그래도 어딘가 그전과는 다르지 않았니?"

콜레트는 자기가 너무 어렸기 때문에 그런 것은 느끼지 못했다고 말했다. 콜레트도 내게는 도움이 되지 않는다. 그 애가 노력만 한다면 이 문제의 열쇠가 될 수도 있으련만.

그 애의 말투에는 무엇인가 말하기를 삼가는 게 있는 것처럼 느껴졌다.

마치 그 애 역시 머릿속에서는 다른 생각을 하고 있는 것 같다. 그게 무엇일까?

내가 추해지고 만 것일까? 정말로 그토록 추해졌단 말인가? 지금은 분명 그렇다. 바싹 마르고 윤기 없는 머리카락에 어두운 얼굴빛.

하지만 8년 전엔? 그건 차마 콜레트에게 물어 볼 용기가 안 난다. 혹시 나는 어리석은 여자일까? 아니면 적어도 모리스에게 어울릴 정도의 재원은 못 된단 말인가? 자신에 대해서 생각하는 습관을 가지지 않는 사람에게는 무서운 질문들이다.

1월 19일

믿어도 좋을까? 모리스를 자유롭게 해주고 그에게 매달리지 않으려고 애쓴 보상이 내게 돌아올까?

간밤에는 몇 주일 만에 처음으로 꿈도 안 꾸고 잤다. 목구멍을 짓누르던 것이 사라졌다. 희망. 아직 미약하긴 하지만 희망은 있다.

나는 미장원으로 가서 몸단장을 깨끗이 했다. 집 안도 반들반들 깨끗이 닦아 놓았다. 모리스가 돌아왔을 때는 꽃도 사다 꽂았다.

그러나 그의 첫마디는 "당신 얼굴이 왜 이렇게까지 상했소?"였다.

체중이 4킬로그램이나 준 것은 사실이다. 나는 콜레트에게 나를 찾아왔을 때 내가 어떤 상태에 있었는지를 아빠에게 말하지 말아달라고 신신당부를 해놓았지만 필경 얘기를 다 한 모양이라고 생각할 수밖에 없다.

하긴 그런 편이 나았는지도 몰랐다. 그는 나를 껴안아 주었다.

"여보, 가엾게도!"

"아무렇지도 않은데요, 뭐" 하고 나는 남편에게 말했다.

(나는 진정제를 이미 먹었다. 신경을 가라앉히고 싶었던 것이다. 그런데 놀랍게도 나는 그의 눈에 눈물이 고인 것을 본 것이다.)

"내가 치사한 짓을 했구려!"

나는 말했다.

"다른 여자를 사랑한다는 게 치사할 건 없어요. 당신 책임도 아니죠."

그는 어깨를 한번 추썩거리면서 말했다.

"내가 그 여자를 사랑하는 걸까?"

그 말이 지난 이틀 동안 내 머리에서 떠나지를 않았다.

그들은 여가와 산의 아름다움 속에서 두 주일을 함께 보냈다. 그런데 그는 돌아오는 길로 "내가 그 여자를 사랑하는 걸까?"라고 말하다니.

나는 이런 승부를 냉정하게 다룰 용기는 감히 없었지만 나의 절망이 내게 도움을 준 것이다.

얼굴을 맞대고 지낸 이번의 긴 여행에서 열이 식기 시작한 것이다. 그는 이런 소릴 되풀이했다.

"난 이런 걸 원치는 않았소! 당신을 불행하게 하고 싶진 않았소!"

그건 판에 박힌 문구라 별로 감격할 것도 못 된다. 그것이 충동적인 동정에 지나지 않는다고 한다면 나는 다시 희망을 갖지는 않을 것이다.

그런데 그가 내 앞에서 큰 소리로 물은 것이다.

"내가 그 여자를 사랑하는 걸까?"라고.

그래서 나는 생각해 본다. 어쩌면 익어가던 사랑의 결정이 무너지기 시작해서 그는 노엘리에게서 떠나 내게로 돌아오는지도 모르겠다고.

1월 23일

남편은 매일 밤을 집에서 보냈다. 그는 새 레코드 몇 장을 사왔고 우리는 함께 그것을 들었다. 그는 또 2월 말에 남프랑스로 가벼운 여행을 떠나자고 약속했다.

사람은 행복할 때보다는 불행할 때 더욱 공감을 느끼는 법이다.

나는 마리 랑베르에게 말했다. 쿠르슈블에서 노엘리의 정체가 드러나 모리스는 지금 결정적으로 내게 돌아오려는 것 같다고.

그녀는 입술 끝으로만 중얼거렸다.

"그게 결정적이라면 좋겠는데."

결국 그녀는 내게 도움이 될 충고는 하나도 해주지 않았다. 사람들은 분명 나 없는 데서 나의 흉을 보고 있을 것이다.

그들은 이 사건에 대해서 저마다 제멋대로의 해석을 하고 있다. 그것을 내게는 말해 주지 않는다.

나는 이자벨에게 말했다.

"그때 당신이 내게 돌이킬 수 없을 짓은 하지 못하도록 막아 준 게 정말 잘했던 거야. 모리스가 마음속으로는 아직도 날 사랑하고 있거든."

"그럴지도 모르지……" 그녀는 오히려 사뭇 의아한 듯한 어조로 대답했다.

나는 발끈해서 말했다.

"그럴지도 모르다니? 그럼 당신은 그이가 이젠 날 사랑하지 않는다고 생각하는 거야? 당신은 늘 그 반대로 얘기해 왔잖아……"

"어느 쪽도 꼬집어서 어떻다는 생각은 못하겠어. 다만 모리스는 자기가 원하는 게 무언지를 스스로도 모르고 있는 것 같은 느낌이 드는군."

"그렇다면 혹시 무슨 소릴 또 들은 것 아냐?"

"그런 건 없어."

이자벨은 과연 무엇을 알았을까? 알 수 없는 일이다. 단지 그녀는 지금 모순된 태도를 보이고 있는 것이다.

내가 회의를 느끼고 있을 때는 용기를 북돋워 주더니 내게 다시 신념이 생기니까 회의를 보이지 않는가.

1월 24일

"여긴 안 계십니다"라고 말한 다음 수화기를 놓거나 아니면 전연 대답조차 하지 않았어야 했을 것을! 얼마나 뻔뻔스러운가! 그리고 모리스의 그 당황하던 얼굴! 조금 있다 모리스가 돌아오면 단호하게 말할 참이다.

전화벨이 울렸을 때 남편은 내 옆에서 신문을 읽고 있었다. 노엘리였다.

그녀가 전화를 걸어온 것은 처음이었다. 단 한 번이었지만 안 했어야 옳았다. 그녀는 매우 정중했다.

"모리스에게 얘길 하고 싶습니다마는."

나는 바보같이 수화기를 남편에게 내준 것이다.

그는 거의 말을 않고 몹시 난감한 표정만 짓고 있었다. 그는 몇 번씩 같은 말을 되풀이했다. "안 돼, 그건 무리요." 그러더니 그는 마침내 "좋아요, 그럼 곧 가리다"라고 말한 것이다.

그가 수화기를 놓자 나는 대뜸 소리를 질렀다.

"못 가요! 감히 여기까지 전화질을 하다니!"

"여보, 내 말 좀 들어 봐요. 우린 몹시 싸웠소. 그랬는데 내게서 아무 소식이 없으니까 그 여자는 방금 절망하고 있는 거요."

"나야말로 수없이 절망 속에 빠졌지만, 난 노엘리 집으로 당신에게 전화를 건 일은 없어요."

"부탁이오. 이 이상 사태를 악화시키진 말아 주오. 노엘리는 자살할는지도 몰라요."

"설마!"

"당신은 그 여자를 몰라서 그래."

남편은 방 안을 왔다 갔다 하더니 안락의자를 발길로 툭툭 찼다.

나는 그가 어차피 그 여자에게로 가리라는 것을 깨달았다.

요 며칠 동안 우리 사이는 눈에 띄게 좋아졌기 때문에 나는 또 한 번 느슨해졌던 것이다.

"그럼 갔다오세요."

하지만 그가 돌아오는 대로 말할 생각이다. 싸움은 하지 않고. 나는 현관의 구두닦이 매트 같은 취급은 당하고 싶지 않다.

1월 25일

나는 기진맥진한 상태다. 남편에게서 전화가 왔었다. 지금 같은 상태에서는 노엘리를 그대로 혼자 놓아 둘 수가 없으니 그날 밤은 그녀의 집에서 묵겠다는 것이었다. 내가 반대하자 남편은 전화를 끊었다. 그래서 이번에는 내 쪽에서 전화를 걸었지만 아무도 전화를 받지 않아 전화벨만 오랫동안 울릴 뿐이었다. 그 뒤로 그들은 수화기를 내려놓은 것이다.

나는 하마터면 택시를 잡아타고 노엘리의 집으로 달려가 초인종을 요란하게 누를 뻔했다. 하지만 모리스의 얼굴을 마주볼 용기가 나지 않았다.

나는 밖으로 뛰쳐나가 추운 밤거리를 걸었다. 앞도 안 보고 발길도 멈추지 않고 기진맥진할 때까지 걸었다.

택시로 집에 돌아오자 나는 옷을 입은 채로 거실의 긴 의자에 쓰러졌다.

모리스가 나를 깨웠다.

"왜 자리에 가서 제대로 누워 자지 않고?"

그의 목소리에는 비난이 담겨져 있었다. 무서운 부부 싸움이 벌어질 판이다.

나는 남편에게 이렇게 말해 주었다. 그가 요 며칠 동안 나와 함께 지냈던 것은 노엘리와 틀어졌기 때문이었는데 노엘리가 손가락 끝으로 한 번 두드렸다고 당장 달려가다니.

"나는 비통해 하다 못해 죽게 되어도 괜찮고요."

"당신 말은 틀렸소!" 하며 남편은 분개해서 말했다. "당신이 정 알고 싶다면 얘길 하겠지만, 내가 노엘리와 싸운 건 당신 때문이었소."

"나 때문이라고요?"

"그 여잔 내게 산에서 더 머무르자고 했단 말이오."

"왜 그 여자가 당신이 아예 나하고 헤어지기를 바랐다는 말까지 하지 그래요!" 나는 울고 또 울었다. "언젠가는 나와 헤어지고 말리라는 걸 당신은 알고 있으면서……"

"그렇진 않아."

1월 30일

무슨 일이 일어나고 있는 것일까? 그들은 무엇을 알고 있는 것일까!

나를 대하는 그들의 태도가 전 같지가 않다. 그저께 이자벨만 해도
……

이자벨에게 나는 심한 말을 퍼부었다. 내게 불리한 충고를 해준 셈이
라고 그녀를 비난했다.

그녀의 충고대로 첫날부터 나는 모든 것을 받아들이고 모든 것을 참
아 왔다.

그런데 그 결과로 모리스와 노엘리가 나를 구두닦이 매트 취급을 하
고 있는 것이다.

이자벨은 약간의 변명을 늘어놓았다. 자기는 처음엔 그것이 이미 오
래된 정사인지는 몰랐다는 것이다.

"당신은 모리스가 치사한 인간이라는 걸 인정하지 않으려고 했잖
아?"

이자벨은 항의했다.

"그래 모리스는 치사한 인간은 아니야. 두 여자 틈에 끼여 꼼짝 못하
는 남자일 뿐이지. 그런 경우를 당하면 누구라도 훌륭하게 처신할 수는
없는 거예요."

"자기 스스로 애시당초 그런 입장에 빠지지 말았어야 했을 것 아니
야?"

"그런 일은 훌륭한 사람들에게도 흔히 있을 수 있는 일이에요."

그녀는 모리스에 대해서는 관대했다. 왜냐하면 그녀 자신이 전에 남
편 샤를의 문제로 많은 것을 양보했기 때문이다. 그러나 그들 부부 사이
는 얘기가 전혀 달랐다.

"이젠 모리스를 훌륭한 남자라고 생각하지 않겠어요. 그에게서 편협

171

한 면을 발견했기 때문이에요. 내가 그의 성공을 크게 칭찬해 주지 않은 것이 그의 허영심을 상하게 했다는 거야" 하고 나는 말했다.

"그건 당신이 옳지 못했던 거야." 이자벨은 자못 준엄한 어조로 말했다. "남자가 자기의 성공에 대해 얘길 하고 싶어한다고 해서 그게 허영심에서 나온 것이라고는 볼 수 없어요. 난 사실 당신이 모리스의 일에 어쩌면 그렇게도 무관심할 수가 있을까 하고 늘 놀랐는데."

"하지만 그이의 일에 대해서 흥미있는 얘깃거리가 있어야지요."

"그렇진 않아요. 모리스는 필경 자기 일에 있어서의 난관이나 발견에 대해서 당신이 알아주기를 바랐을 거야."

문득 의혹이 스쳐갔다.

"당신, 모리스를 만났었군요? 그이가 무슨 얘길 했지? 당신을 잘 구슬려 놓은 것 아냐?"

"무슨 소릴!"

"당신이 모리스 편을 들다니 놀랐는데. 그이가 정말 훌륭한 남자라면 그래 모두 내가 나쁘다는 얘기 아냐?"

"그렇지 않지. 두 사람이 다 나쁘지 않은 경우에도 서로 뜻이 안 맞는 수야 있는 거니까."

이자벨이 전에는 이런 투로 말을 하진 않았었다. 그녀의 혀끝에서 맴돌며 내게는 말하지 않는 말들, 그건 과연 어떤 말들일까?

나는 실망한 마음으로 집에 돌아왔다. 다시 밑바닥으로 떨어진 이 기분!

남편은 거의 모든 시간을 노엘리와 함께 보낸다. 어쩌다가 나와 함께 있을 때조차도 그는 나와 얼굴을 마주 대하기를 꺼리고 있다가 나를 레

스토랑이나 극장으로 데리고 나간다. 그의 생각이 옳다. 왜냐하면 이미 과거가 되어 버린 우리의 가정 속에서 얼굴을 마주 보고 있느니보다는 차라리 그편이 덜 괴로울 테니까.

콜레트와 장 피에르는 정말 친절하다. 그들은 여러 가지로 나를 보살 펴 준다.

그들은 멋있는 레코드를 들려 주는 생 제르맹 데 프레의 어느 아담한 카페에 저녁 식사를 하러 나를 데리고 갔다.

모리스와 함께 자주 듣던 블루스가 흘러나왔다. 나는 그것이 내 과거 의 전부이며 이제는 곧 빼앗길, 아니 이미 잃어버린 나의 인생의 전부라 는 것을 깨달았다. 나중에 들은 애기로는 그때 나는 갑자기 작은 외마디 소리를 지르면서 기절했다는 것이다. 나는 이내 깨어났다. 그러나 콜레 트는 몹시 놀랐던 모양이다. 그 애는 화를 냈다.

"난 엄마가 이토록 고통을 당하는 건 참을 수가 없어요. 아빠가 엄마 한테 그런 식으로 나오는데 그까짓 것 내버려 두어요. 그 여자하고 살아 보라죠 뭐. 차라리 그편이 엄마한테는 마음 편할지도 몰라."

콜레트는 한 달 전만 하더라도 그런 충고는 하지 않았을 것이다.

사실 내가 만일 연기를 잘하는 여자라면 모리스에게 나가라고 말할 수도 있을 것이다. 하지만 나의 마지막 찬스는 노엘리 쪽에서 초조해진 나머지 모리스와의 대판 싸움 끝에 스스로 불리한 입장에 몰리는 데 있 다. 그리고 또 나의 선의가 모리스의 마음을 움직이도록 하는 데 있는 것 이다.

게다가 그가 집에 와 있는 일은 극히 드물지만 그래도 이 집은 계속 모리스가 와 있는 집으로 간직하고 싶다.

나는 사막 한가운데 살고 있는 것은 아니다. 허약함과 우유부단.

그러나 나 자신을 학대할 이유는 없다. 나는 살아남으려고 노력하고 있다.

나는 이집트산 목각을 바라본다.

부서진 부분이 감쪽같이 다시 붙여져 있다. 그것은 우리 둘이서 샀던 물건이다. 그 조각에는 애정과 하늘의 푸른빛이 온통 배어 있었다. 지금 그것은 비탄에 젖은 나상으로 여기에 서 있는 것이다. 나는 이 조각을 붙잡고 눈물을 흘리고 있다.

모리스가 마흔 살 생일 때 선물로 준 목걸이를 나는 이젠 걸 수가 없다.

이 모든 물건, 내 주위의 모든 가구들은 마치 초산으로 씻어 낸 것같이 삭아내린 모양으로 보인다. 그것들은 숫제 해골만 남은 것처럼 보인다. 가슴이 에듯 아파 온다.

1월 31일

나는 차의 페달을 잃은 격이다. 밑으로, 계속 밑으로 굴러 떨어지고 있다.

모리스는 내게 상냥하고 친절하다. 그러나 노엘리와 다시 화해한 기쁨을 감추지 못하고 있다.

그는 "내가 그 여자를 사랑하는 걸까?" 하는 따위의 말은 다시는 하지 않을 것이다.

어제 나는 이자벨과 저녁을 먹다가 그녀의 어깨에 얼굴을 파묻고 흐느껴 울었다. 다행히 바 안은 꽤 어두웠다. 이자벨은 내가 흥분제와 진정제를 너무 남용해서 평정을 잃었다고 말했다.

(내가 평정을 잃은 것은 사실이다. 오늘 아침에도 또 출혈이 시작되었다. 보름이나 앞당겨서.)

마리 랑베르는 내게 정신과 의사를 만나 보라고 권했다. 정신 분석을 받아 보라는 것이 아니라 하나의 요법으로서. 하지만 그것이 내게 무슨 도움이 되겠는가?

2월 2일

전에는 내 성격이 강인했다. 전 같으면 디아나를 문전에서 쫓아보냈을 것이다. 그러나 지금은 걸레 조각처럼 무기력한 여자에 불과하다. 어떻게 디아나 같은 여자와 어울릴 수 있었을까? 그녀는 나를 즐겁게 해주었고 그래서 그때는 아무런 문제도 없었다.

"아니, 어쩌면 이렇게 야위셨나요? 굉장히 피곤해 보이시네!"

디아나는 호기심과 심술로 나를 찾아온 것이다. 나는 그것을 이내 알아차렸다. 그녀를 집 안에 들이지 말았어야 했다. 그녀는 수다를 떨기 시작했다. 나는 그 소리를 귀담아 듣지도 않았다.

별안간 그녀는 나를 공격하듯 말했다.

"당신이 이런 꼴이 된 걸 보니 너무 마음이 아프군요. 어떻게든 하셔

175

야겠어요. 생각을 다른 데로 돌리셔야 돼요. 이를테면 여행이라도 떠나 보신다든가 말이에요. 안 그러시면 신경쇠약에 걸리고 말 텐데."

"나는 아주 건강한데요, 뭘."

"그만두세요! 당신은 너무나 큰 괴로움으로 심신을 상하고 있다구요! 내 말을 믿으세요! 결국은 그만두지 않으면 안 될 때가 온다는 걸 알아야 해요!"

그녀는 망설이는 것 같았다.

"누구도 당신한테 차마 진실을 말할 용기가 없는 거예요. 하지만 난 너무 신경을 써 준다는 게 오히려 상처를 주게 될 경우가 흔히 있다고 생각하고 있어요. 당신은 모리스가 노엘리를 사랑하고 있다는 걸 자신에게 타일러야만 해요. 굉장히 심각하다구요."

"노엘리가 그런 소릴 하던가요?"

"노엘리만이 아녜요. 쿠르슈블에서 그들을 자주 만난 친구들도 그래요. 그 두 사람은 아주 같이 살 각오가 단단히 되어 있는 것 같더라던데요."

나는 억지로 태연한 척하려고 애썼다.

"모리스는 내게만이 아니라 노엘리에게도 역시 거짓말을 하고 있는 거예요."

디아나는 연민의 눈으로 나를 바라보았다.

"어쨌든 내가 미리 경고해 두는 건데요. 노엘리는 가만히 앉아서 속아 넘어갈 종류의 여자는 아니라구요. 만약 모리스가 그 여자 쪽에서 원하는 걸 주지 않을 때는 그 여자는 모리스를 먼저 차 버릴걸요. 그리고 모리스도 물론 그걸 알고 있구요. 그이가 그런 결과를 생각하지 않고 행동할 리가 없을걸요."

디아나는 그 말을 끝내면서 이내 가 버렸다. 그녀의 말이 지금도 들리는 것 같다.

── 불쌍한 모니크! 얼굴 꼴이 말이 아닌데! 그런데도 아직 헛된 환상에서 벗어나지 못하고 있다니!

못된 여자 같으니! 남편은 분명히 노엘리를 사랑하고 있다. 그가 아무런 까닭 없이 나를 괴롭힐 리야 없으니까.

2월 3일

나는 질문을 하지 말아야 할 것이다.

그것은 내가 남편에게 구원의 손길을 뻗치는 격이 되었다. 남편은 재빨리 그것을 붙잡았으니까. 나는 그에게 물어 보았다.

"노엘리가 사람들에게 하는 말이 사실이에요? 당신이 그 여자하고 같이 살기로 작정을 했다면서요?"

"노엘리가 그런 소리를 했을 리는 없소. 그건 사실이 아니야."

그는 망설이다가 이윽고 "내가 바라는 건 말이오 ── 노엘리에겐 이 얘길 안 했지만 이건 당신 문제니까 말이오 ── 얼마 동안 난 혼자서 살고 싶은 거요. 우리 사이의 좀 긴장된 분위기가 서로 떨어져 있으면 ── 해소되지 않을까 해서 말이오 ── 아, 이건 어디까지나 일시적으로 떨어져 사는 거지만 말이오" 하고 말했다.

"내게서 떠나고 싶은 거죠?"

"천만에. 지금처럼 늘 만날 텐데 뭘."

"그건 싫어요!"

나는 소리를 질렀다. 남편은 내 어깨를 잡았다.

"그만! 그만!" 하고 그는 부드럽게 말했다.

"그건 그저 한번 생각해 본 것뿐이오. 당신이 정 그게 싫다면야 그만
두는 거지."

노엘리는 남편이 나와 헤어지기를 바라고 있다. 그녀는 그것을 집요
하게 요구하고 자주 싸움을 일으킨다.

틀림없이 그럴 것이다. 그녀가 남편을 충동질하고 있는 것이다. 나는
양보하지 않을 것이다.

2월 6일, 그 다음엔 날짜 없음

사는 보람이 일단 없어지면 하찮은 일을 하는 데도 쓸데없는 용기가
얼마나 필요한 것인가!

밤이면 나는 혼자서 홍차 끓이는 포트와 찻잔과 냄비를 준비한다. 다
음날 아침에 되도록 힘들지 않고 하루를 다시 시작할 수 있게 그것들
을 하나하나 제자리에 놓아 둔다.

그런데도 아침에 시트에서 빠져 나와 잠에서 하루를 깨우는 일은 좀
처럼 극복해 내기 힘들다.

나는 오전엔 마냥 침대에 누워 있으려고 파출부를 오후에 오게 했다.

1시에 모리스가 점심을 먹으러 들어올 시간이 되어야 비로소 일어나

는 날도 있다. 모리스가 점심에 들어오지 않는 날은 도르모아 부인이 열쇠 구멍에 열쇠를 집어 넣을 때야 겨우 일어난다.

모리스는 오후 1시에 들어와서 내가 머리도 안 빗고 가운 차림으로 그를 맞으면 눈살을 찌푸린다. 그는 내가 절망에 빠져 있는 연기라도 하고 있는 줄 알고 있다. 아니면 적어도 내가 지금의 상황을 '올바르게 살기 위해' 필요한 노력을 기울이지 않는다고 생각한다.

그 역시 내게 귀찮게 군다.

"당신, 정신과 의사를 만나 봐야겠어."

나는 출혈이 계속 멎지 않는다. 내가 애쓰지 않아도 생명이 저절로 내게서 빠져 나가는 것이라면 오죽이나 좋을까!

진실이 있기는 있을 것이다. 나는 뤼시엔에게 그 진실한 이유를 물어보기 위해 뉴욕 행 비행기를 타야 할 것 같다. 그 애는 나를 좋아하지 않으니까 내게 진실을 이야기해 줄 것이다.

그렇게 되면 나의 나쁜 점, 내게 해가 될 점을 모조리 없애 버릴 수도 있을 것이 아닌가. 그리고 모리스와 나 사이의 모든 관계를 다시 제대로 회복할 수도 있을 것이다.

어젯밤 모리스가 돌아왔을 때 나는 거실에 앉아 있었다. 어둠 속에서 가운 차림으로.

일요일이었다. 나는 오후를 반쯤 지나서야 일어났다. 햄을 먹고 코냑을 마셨다. 그 다음엔 그대로 앉아서 머릿속에서 빙빙 도는 숱한 상념을 쫓고 있었다.

남편이 돌아오기 전에 나는 진정제를 먹고 다시 안락의자로 와서 앉았다. 전등불을 켤 생각도 잊은 채.

"당신 뭘 하고 있는 거요? 왜 불도 안 켜고?"

"불은 켜서 뭘 하게요?"

그는 다정하게 나를 나무랐다.

그러나 속에 노기가 깔린 말이었다.

왜 친구들과도 안 만나느냐? 왜 영화관에도 가지 않느냐? 그러면서 남편은 내게 영화 제목을 다섯 개나 대며 구경 가보라는 것이었다. 하지만 그럴 수가 없다.

영화나 연극까지도 혼자 가서 보던 시절이 있었다. 그때는 내가 혼자가 아니었기 때문이다. 내 안에, 그리고 내 주위에 온통 남편의 존재가 나를 감싸고 있었기 때문이다. 그러나 지금은 혼자 있으면 '나는 완전히 혼자로구나' 라는 생각만을 하게 된다. 그러면 무서워지는 것이다.

"당신, 계속 이런 상태로 살 수 있는 건 아니잖아?" 하고 그는 말했다.

"계속이라니, 뭘요?"

"먹지도 입지도 않고 외출도 않고 아파트 구석에만 틀어박혀 사는 생활 말이오."

"그래서 안 될 게 어디 있어요?"

"당신 병 나겠소. 아니면 정신이상이 되거나. 나로선 당신을 도와 줄 수가 없구려. 나 때문에 당신이 이러는 거니까. 그러니 제발, 정신과 의사를 좀 만나 보도록 해요."

나는 싫다고 말했다. 그는 집요하게 권했다. 그러더니 마침내는 참을 수 없다는 듯이 말했다.

"당신이 이러면서 이 상태에서 어떻게 빠져 나가겠다는 거요? 아무런 노력도 하지 않고 있잖아."

"어디서 빠져 나간다는 거예요?"

"이런 침체 상태에서 말이오. 당신은 마치 일부러 그 속으로 빠져 들어가려는 것 같아."

남편은 서재에 틀어박혀 나오지 않았다. 내가 무슨 협박이라도 해서 그에게 겁을 주어 내 곁을 떠나지 못하게 하려는 것으로 그는 생각하고 있다.

그의 생각이 옳은지도 모르겠다.

나는 나 자신이 어떤 인간인지를 알고는 있는 것일까. 나라는 인간은 어쩌면 타인의 인생에서 영양분을 빨아먹고 사는 일종의 거머리인지도 모른다. 모리스와 두 딸, 그리고 내가 구원의 손길을 뻗쳐 주고 있다고 믿고 있는 저 가난하고 '가련한 몇몇 인간들'의 양분을 빼앗아 먹고 사는……

일단 손에 쥔 것은 놓아 주지 않으려는 에고이스트. 나는 술을 마시며 될 대로 되라는 듯 자신을 팽개쳐, 입 밖에는 내지 않지만 남편으로 하여금 나를 측은하게 느끼게끔 할 생각으로 병자가 되길 간청하고 있다. 나의 전부가 속임수이며 뼈 속까지 썩어 있다.

나에 대한 남편의 연민을 이용하면서 나는 연기를 하고 있다.

나는 남편에게 노엘리와 함께 살라고 말해야 할 것이다. 나 없이 행복하라고.

하지만 난 도저히 그렇게 할 수 없다.

요전 날 밤에는 꿈속에서 나는 하늘색 옷을 입고 있었고 하늘은 푸르 렀다.

그 미소, 그 눈길, 그 말들이 사라져 버렸을 리는 없다. 그것들은 아직 도 아파트 방 안에 떠돌면서 머물러 있는 것이다. 그 중의 몇 마디는 자 주 귀에 들려온다. 내 귀에 분명하게 들리는 한 목소리는 이렇게 말한다.

—— 나의 귀여운 사람, 사랑하는 사람, 여보……

그 눈길, 그 미소, 공중에 떠도는 그것들을 잡아 챙겨서 모리스의 얼 굴 앞에 불쑥 내보여야 할 것이다. 그러면 모든 것이 다시 옛날로 돌아 갈 텐데.

출혈은 여전히 계속되고 있다. 무섭다.

"사람이 너무 밑으로 떨어지면 그 다음엔 올라가는 수밖엔 없다"라고 마리 랑베르는 말했다.

바보 같은 소리! 계속 밑으로 떨어지기만 하는걸. 더 밑으로 점점 더 밑으로만.

그것은 바닥이 없다. 이제는 짐스럽게까지 느껴지는 나를 떨쳐 버리 기 위해서 그녀는 그렇게 말한 것이다. 그녀는 나를 귀찮은 존재로 느끼 게 된 것이다. 모두가 나를 지겹게 생각하고 있다.

비극이란, 잠깐 동안은 괜찮은 것이다. 사람들은 흥미를 느끼고 호기 심이 생긴다. 그럼으로써 자신이 친절하다는 기분을 맛본다. 그러나 그 것이 되풀이되고 제자리 걸음만 계속되면 질력나게 마련이다.

과연 질력나는 일이다. 나 자신까지도 질력난다.

이자벨, 디아나, 콜레트, 마리 랑베르, 그들은 이젠 맥이 풀려 버린 것이다.

그리고 모리스까지도……

어떤 사람이 자신의 그림자를 잃어버렸다. 그래서 어떻게 되었는지는 기억이 안 나지만 어쨌든 그것은 무시무시한 이야기였다.

그런데 나는 나 자신의 영상을 잃어버렸다. 내가 그것을 자주 바라보고 있던 것은 아니지만 내 배경에는 그것이 존재하고 있었다.

그것은 모리스가 나를 위해 그려 놓은 이미지였다. 솔직하고 성실하고 '진짜'이며 교활하지 않고 타협을 모르면서도 이해심이 깊고 관대하며 감수성이 높고 생각이 깊은, 그리고 사물과 사람들에 대해서 자상하게 마음 쓰며, 사랑하는 사람들에게는 정열적으로 헌신하며, 그들을 위해 행복을 창조해 내는 여성의 이미지였다. 아름답고, 맑고, 모자란 데가 없는 '조화 있는' 인생이었다.

지금은 캄캄해서 나는 더 이상 나 자신을 볼 수 없다. 다른 사람들 눈에는 무엇으로 비치고 있을까? 어쩌면 추악한 존재로 비칠는지도 모른다.

내 등뒤에서 수군대고 있다. 콜레트와 모리스가, 이자벨과 마리 랑베르가, 이자벨과 모리스가.

2월 20일

마침내 나는 그들에게 양보하고 말았다.

나는 피가 흘러 나가는 것이 무서웠다. 침묵이 무서웠다. 하루에 세 번 이자벨에게, 그리고 한밤중에는 콜레트에게 전화 거는 일이 습관이 되어 버렸다.

그리고 지금은 내 얘기를 들어 주는 사람에게 돈을 지불하고 있다. 웃기는 얘기다.

정신과 의사는 내게 일기를 다시 계속하라고 말했다. 나는 그의 속임수를 뻔히 알고 있다. 그는 나 자신에게 흥미를 갖게 하려는 것이다. 그래서 본래의 나라는 인간으로 되돌아가게 하려는 속셈인 것이다.

그러나 내게 중요한 것은 모리스뿐이다. 나라는 인간은 도대체 무엇인가?

아직까지 나는 나 자신에 대해서는 거의 생각해 본 일도 없다. 남편이 나를 사랑해 주었기 때문에 내가 보증되어 온 것이다. 그런데 만일 남편이 나를 사랑하지 않는다면…… 내가 걱정하고 있는 것은 바로 그렇게 되는 경우뿐이다. 그가 나를 더 이상 사랑하지 않게 되었다면, 나에게 그럴 만한 이유가 있었던 것일까? 아니면 이유는 내게 있는 것이 아니라 그가 치사한 인간이기 때문일까? 그가, 그리고 그의 공범자가 함께 벌을 받아야 하는 것은 아닐까?

정신과 의사 마르케는 사태를 또 다른 관점에서 다룬다.

나의 아버지라든가, 나의 어머니, 그리고 나의 아버지의 죽음 등 모리스와 노엘리에 관한 얘기만을 하고 싶어하는 나에게 그는 나 자신에 관한 얘기를 시키려 든다.

그렇지만 나는 의사에게 내가 총명한 여자인지 아닌지를 물어 보았다. 물론 그렇다는 것이었다. 그러나 지능이란 별개의 기능은 아니라고 그는 대답했다. 나는 나를 계속 괴롭히는 고뇌로 인해서 머릿속이 빙빙 돌 때는 내 지능을 자유롭게 발휘할 여유가 없게 되어 버린다.

모리스는 흔히 사람들이 환자에게 대하는 섬세한 배려와 신경질을 억제하려는 흔적이 역력한 태도로 나를 다룬다. 그가 하도 참을성 있게 대해서 나는 고함을 치고 싶을 지경이다. 그리고 사실상 나는 이따금 고함도 지른다. 또 미쳐 버린다.

미친다는 것은 현실 도피의 좋은 방법이 될 것이다. 그러나 마르케의 말은 내가 그렇게 될 걱정은 없다는 것이었다. 나는 정신면에서 견고한 구조를 가지고 있다는 것이다.

알코올이나 약을 마구 먹어도 심하게 정신착란을 일으키는 일이란 절대로 없다. 나에겐 그러한 도피구조차 폐쇄되어 있는 것이다.

2월 23일

출혈은 멎었다. 그리고 나는 조금씩 먹을 수 있게 되었다. 어제 도로모아 부인의 얼굴이 환하게 밝아졌다.

그녀가 만들어 준 치즈 수플레를 다 먹었기 때문이었다. 도로모아 부인에게는 감동을 느낀다. 내가 이제야 겨우 빠져 나온 그 길었던 악몽의 시기에 그녀는 누구보다도 내게 힘이 되어 주었다. 매일 밤 베개 밑에는 깨끗이 세탁한 잠옷이 준비되어 있었다. 그래서 때로는 옷을 입은 채로 자려다가도 잠옷으로 갈아입었으며, 그것도 하도 하얗고 깨끗한 바람에 나는 그것을 입기 전에 세수를 하지 않을 수 없게 되었다.

오후가 되면 "목욕 준비를 해 놓았다"는 그녀의 말에 나는 목욕도 했다. 그녀는 식욕을 돋우는 음식을 만들어 주었다. 일체 군소리나 질문 같은 것도 없었다. 그래서 나는 부끄러워했다. 자포자기식인 내 자신의 태도가 부끄러웠다. 그녀는 무일푼이고 나는 부자인데도.

"협력하셔야 합니다" 하고 정신과 의사 마르케는 내게 부탁했다. 나는 기꺼이 협력하고 싶다. 나 자신을 되찾도록 노력하고 싶다.

나는 거울 앞에 섰다. 아, 얼마나 추한 얼굴이냐! 몸매도 엉망이었다. 언제부터 이런 꼴이 되었을까? 2년 전의 사진만 해도 난 꽤 매력적이었는데! 작년에 찍은 사진도 아주 미운 것은 아니었다. 그러나 그 사진들은 모두 아마추어가 찍은 것들이다.

다섯 달 동안의 불행이 나를 이토록 변모시킨 것일까? 아니면 벌써 오래 전부터 나는 얼굴이 추하게 사그라지기 시작했던 것일까?

나는 1주일 전에 뤼시엔에게 편지를 썼다. 뤼시엔은 애정이 넘치는 답장을 보내왔다.

그 애는 이번에 내게 일어난 문제에 대해 너무도 안됐다고 나를 동정하고 있다. 나와 함께 그 문제에 대해 얘기를 나누어 보고 싶을 뿐이라고 말했다. 특별히 내게 할 말이 있을 것 같지는 않다고 하면서도.

뤼시엔은 뉴욕으로 자기를 만나러 오라는 것이었다. 자신이 2주쯤 뉴욕으로 나와 있도록 할 테니 함께 얘기나 나누며 지내자는 것이다. 그러노라면 내 기분도 다소 전환될 수 있으리라는 것이었다.

하지만 지금은 떠나고 싶은 심정이 아니다. 나는 지금 있는 이 자리에서 싸우고 싶다. '난 싸우지 않을 거예요!' 라고 하던 말이 생각나지만……

2월 26일

나는 정신과 의사의 권고를 받아들여 일자리를 얻었다. 의학사를 쓰고 있는 어떤 사람을 위해 국립도서관의 정기 간행물실에 나가 옛날 의학 잡지에서 필요한 사항을 기록하는 일이었다.

그것이 얼마만큼이나 내 문제들을 해결해 줄 수 있을는지는 모르겠다.

하루에 두서너 장의 카드를 만들어 봤지만 거기서 만족감 같은 것은 전혀 느낄 수 없다.

3월 3일

마침내 우리는 올 때까지 오고 만 것이다. 나를 정신과 의사에게 보내 다시 기운을 차리게 한 다음 남편은 내게 결정적인 일격을 가하는 것이다.

그것은 마치 나치의 의사들이 고문을 다시 시작하기 전에 우선 피해자를 다시 기운 차리게 해주는 것과 같은 것이다.

"이 나치야! 고문을 해보시지!"라고 나는 남편을 향해 소리쳤다. 남편은 기가 죽은 표정이었다. 정말로 피해자는 모리스였다.

"모니크! 날 좀 불쌍하게 보아 주오!"

남편은 다시 세심한 주의를 쏟아가며 내게 여러 가지로 설명을 해주었다.

우리가 함께 살아 보았자 지금은 아무런 도움도 안 되며 자신은 노엘리의 집으로 가는 것이 아니라, 자기 혼자 살 작은 아파트를 빌리겠다고…… 그리고 별거하더라도 서로 만날 수 있으며 휴가 중의 일부를 함께 보내지 못할 것도 없다는 것이었다.

나는 싫다고 거절했다. 소리를 지르며 남편에게 욕설을 퍼부었다. 그런데도 이번에는 남편이 자신의 생각을 포기하겠다는 말은 하지 않았다.

그자들이 말하는 소위 작업 요법이란 얼마나 엉터리냐!

나는 그 바보 같은 일을 그만두었다.

나는 에드거 앨런 포의 소설에 관해 생각하고 있다. 철의 장벽이 내게로 죄어들고, 칼날처럼 생긴 시계추가 내 심장 바로 위에서 흔들린다. 시계추는 간간이 멈추기는 하지만 결코 위로 올라가지는 않는다. 그것은 내 피부에서 불과 몇 센티밖에 떨어져 있지 않다.

3월 5일

나는 정신과 의사에게 남편과의 이번 싸움에 대해서 이야기했다. 의사는 내게 이렇게 말했다.

"부인께서 용기만 있으시다면 단 얼마 동안만이라도 남편 곁을 떠나서 사시는 게 좋을 겁니다."

모리스가 의사에게 그런 말을 시키기 위해 그를 매수한 것일까? 나는 의사를 정면으로 똑바로 쳐다보았다.

"그렇다면 그런 말씀을 미리 해주시지 않은 게 이상한데요."

"부인께서 그런 생각을 해주시길 바랐던 거죠."

"그 생각은 제가 생각해 낸 게 아니에요. 남편의 생각이죠."

"예, 그렇지만 어쨌든 부인께서 제게 그런 말씀을 해주신 거죠."

그러더니 의사는 한번 잃었다가 다시 찾게 된 개성에 대해서 거리를 두고 생각해야 한다느니, 자기 자신에게로 되돌아가야 한다느니, 여러 가지 이야기를 나에게 주워 섬겨 내 머리를 혼란시켰다. 모두가 사탕발림의 말장난이다.

3월 8일

정신과 의사는 내 사기를 완전히 꺾어 버리는 데 성공했다. 나는 이젠 기력도 없고 싸울 생각도 없어졌다.

모리스는 지금 가구가 달린 아파트를 찾는 중이다. 마음에 들 만한 물건이 몇 군데 있는 모양이다. 하지만 이번에는 나는 항의조차도 하지 않았다.

그러나 우리 사이의 대화는 견디기 어려운 것이 되고 말았다.

완전히 기가 꺾이고 녹초가 되어 버린 나는 화도 내지 않고 남편에게 말했다.

"휴가에서 돌아왔을 때 곧바로 그 얘길 내게 미리 해주었더라면 좋았을 걸 그랬어요. 아니면 그전에 무쟁에서 나와 헤어지기로 결심했단 말을 해주었던가……"

"무엇보다도 우선 말해 두겠지만 난 당신과 헤어지진 않아요."

"그렇다면 당신은 말장난을 하고 있는 거예요."

"그리고 또 난 아무것도 결심한 게 없고."

안개 같은 것이 내 눈앞을 스쳐갔다.

"당신은 여섯 달 동안이나 나를 실험대에 올려놓고 나서 내가 그 기회를 망쳐 버렸다고 말하려는 거죠? 그건 너무 지독해요."

"그렇진 않아. 문제는 내게 있소. 난 당신과 노엘리 사이에서 내가 일을 잘 풀어 갈 수 있으리라고 생각했던 거요. 그런데 지금은 머리가 어떻게 된 것 같애. 일도 손에 잡히질 않게 되었으니."

"노엘리가 당신더러 집에서 나오라고 강요한 거죠?"

"그 여자도 당신 이상으로 이런 상황을 못 견뎌 하고 있어."

"그렇다면 내가 좀더 참고 견디었더라면 당신은 집에 그대로 머물러 있게 된다는 얘기네요?"

"그러나 당신으로서는 그렇게 할 수가 없었던 거요. 또 내게는 당신의 친절이나 침묵까지도 괴로웠으니까."

"그렇다면 당신은 불쌍한 나를 보는 게 너무 고통스러워서 내게서 떠나다는 거예요?"

"오! 제발 날 좀 이해해 줘요" 하고 남편은 애원하는 목소리로 말했다.

"알겠어요" 하고 나는 대답했다.

남편의 말이 거짓말은 아닌지도 몰랐다. 그는 지난 여름에는 아무 결심도 안 했는지 모른다. 냉정히 생각해 보면 내 마음에 상처를 준다는 생각은 그에게도 분명 잔인하게 느껴질 것이다.

그러나 노엘리가 계속 남편을 들볶았을 것이다. 혹시 그녀는 남편에게 헤어지겠다는 말로 위협을 했을는지도 모른다. 그래서 결국은 남편이 나를 밀어내는 것일 게다.

나는 되풀이 말했다.

"알겠어요. 노엘리가 어느 쪽이든 선택을 하라고 그 결단을 당신 손에 떠맡긴 거로군요. 당신이 내게서 떠나든가 아니면 그 여자가 당신을 버리든가 말이에요. 그렇다면! 그 여잔 정말이지 야비한 여자로군요. 그 여잔 당신이 당신 인생 속에 나를 위해서 조그만 자리라도 남겨 놓아야 한다는 것쯤은 인정했어야만 되지 않았던가요."

"내 인생에 당신은 계속 자리를 지키고 있어요. 그것도 큰 자리를."

남편은 주저하고 있었다. 그는 성화를 부리는 노엘리에게 양보하고만 사실을 부인해야 할지 시인해야 할지를 망설이고 있었던 것일까?

나는 남편을 자극했다.

"당신이 공갈 따위에 양보하고 말리라고는 상상도 못했던 일이에요."

"흥정이나 공갈 같은 건 없었어요. 난 그저 고독과 조용한 생활이 약간 필요할 뿐이지. 나 혼자 있을 곳이 좀 필요하단 말이오. 두고 보면 알겠지만 우리 사이가 앞으로는 모두 잘 풀려 나갈 거요."

남편은 되도록 내게 상처를 덜 줄 말만을 골라서 해왔다는 것이다. 그건 진실이었을까? 나는 결코 진실을 알지 못할 것이다. 반면에 내가 알고 있는 것은 1, 2년쯤 지나서 내가 이 생활에 익숙해지면 남편은 노엘리와 함께 살게 되리라는 것뿐이다. 그때는 나는 어디에 있게 될 것인가? 무덤 속에? 아니면 정신병원에? 아무려나. 내겐 아무래도 좋다……

남편은 자기 생각을 고집했다 —— 콜레트와 이자벨도 똑같이 권했다. 그들은 크게든 적게든 함께 음모를 꾸민 모양이다. 어쩌면 뤼시엔에게도 나를 초대하라고 그들이 권했는지도 모른다 —— 나에게 2주 동안만 뉴욕에 가서 지내고 오라고 ——

그들의 말은 내가 없는 사이에 남편이 이사를 하는 편이 내가 덜 괴로우리라는 것이었다. 사실 남편이 옷장에서 그의 물건들을 내가는 것을 보면 나는 발작을 일으키고야 말 것이라나 ——

그렇다면 좋다. 한 번 더 양보하는 것이다. 뤼시엔은 내가 자신을 이해하는 데 도움을 줄 수 있을는지도 모른다.

현재에 와서는 그런 것은 아무런 소용도 없게 되었지만.

3월 15일 뉴욕

모리스한테서 전보나 전화 한 통쯤 걸려오지 않을까 하는 기대를 안 할래야 안 할 수 없다.

"노엘리하곤 헤어졌소"라든가, 아니면 그저 "생각을 바꿨소. 그대로 집에서 살기로 했소"라는 한마디를.

그러나 물론 그런 일은 일어나지 않는다.

옛날의 나 같으면 얼마나 즐겁게 이 도시를 구경 다녔을까! 그러나 지금 내 눈에는 아무것도 들어오지 않는다.

모리스와 콜레트가 나를 비행장까지 바래다 주었다. 나는 진정제를 잔뜩 먹어 두었다. 도착하는 대로 뤼시엔이 나를 인수하기로 되어 있었다. 나는 운송되는 짐짝이나 매한가지였다. 아니면 불구자나 정신 지체자인 격이었다. 나는 잠을 잤다. 아무것도 생각하지 않았다.

그리고 안개 속에서 착륙했다.

뤼시엔은 얼마나 우아해졌는지! 이제 소녀 티는 완전히 가시고 자신을 가진 한 여성이었다.

(어른을 증오하던 그 애였는데 —— 내가 "엄마 생각이 옳다는 걸 인정해라"고만 하면, 화를 내며 "엄마가 틀렸어요! 옳다고 생각하는 게 틀렸단 말예요!" 하고 대들더니.)

뤼시엔은 친구에게서 2주일 동안 빌리기로 했다는 50번가의 어느 예쁜 아파트로 나를 차에 태워 데리고 갔다.

짐을 풀면서 나는 생각했다.

—— 억지로라도 저애에게 나의 전부를 설명하도록 해야지. 그러면 내가 왜 이런 곤경에 빠지게 되었는지를 알게 될 것이다. 그편이 모르는 쪽보다는 차라리 참을 수가 있을 것이다.

뤼시엔이 입을 열었다.

"엄만 마른 편이 더 나아요."

"내가 너무 뚱뚱했었나 보지!"

"네, 약간. 지금이 더 나은데요."

뤼시엔의 착 가라앉은 목소리에 나는 겁이 좀 났다. 그래도 저녁때 나는 그 애에게 얘기를 해보고 싶었다. (우리는 지독하게 덥고 시끄러운 바에서 드라이진을 마시고 있었다.)

"넌 너의 부모가 사는 걸 봤지 않니?" 하며 나는 말을 꺼냈다. "넌 한때 내게 대해선 굉장히 비판적이었으니까 조금도 내 염려는 말고 얘길 좀 해보려무나. 너의 아빠가 왜 나를 사랑하지 않게 됐는지 말야."

뤼시엔은 약간 애처롭다는 듯한 미소를 보였다.

"엄마, 결혼한 지 십오 년이면 자기 아내에 대한 사랑이 식는 것은 보통 아녜요? 안 그러는 게 오히려 놀라운 일이죠, 뭐!"

"그렇지만 평생을 사랑하며 사는 사람들도 있잖니."

"사랑하는 척하는 거겠죠."

"뤼시엔, 남들이 흔히 말하는 식의 일반론은 그만두고 대답해 봐. 그건 정상이라느니 자연스럽다느니 하는 대답으로는 난 만족할 수 없어. 분명 내게 잘못이 있었던 모양인데 그게 어떤 것이었을까?"

"엄만 연애가 오래 지속될 수 있다고 믿은 게 잘못이었어요. 난 그걸 알았어요. 그래서 난 한 남자가 좋아지기 시작하면 즉시 다른 남자를 구하는 걸요."

"그렇다면 넌 절대로 사람을 사랑하진 못하겠구나!"

"그야 물론이죠. 엄마, 사람을 사랑하면 그 결과가 어떻게 되는 건지 지금 엄마가 당하고 있잖아요."

"하지만 아무도 사랑하지 않는다면 무슨 소용이 있겠니?"

나는 모리스를 사랑하지 않았더라면 좋았으리라는 생각은 할 수 없다. 그것은 지금도 마찬가지다. 앞으로도 그를 사랑하지 않게 되기를 바랄 수는 없다. 나는 그가 나를 사랑해 주기를 바란다.

다음날도, 또 다음날도 나는 뤼시엔에게 말했다.

"그래도 이자벨이나 디아나, 쿠뛰리에 부부를 보려무나. 잘 살아가는 결혼생활도 있지 않니?"

"그건 통계상의 문제예요. 부부간의 사랑에 일생을 걸었을 때에는 마흔 살에 빈손으로 버림까지 받게 되는 경우도 있는 거예요. 엄마는 제비를 잘못 뽑은 거죠. 그러나 그런 사람이 어디 엄마 혼자뿐인가요."

"난 너한테서 그런 평범한 소리를 들으려고 대서양을 건너온 게 아니다."

"평범한 소리는 너무 시시하기 때문에 엄마는 그런 건 생각해 본 일도 없고 믿으려고도 않는 거예요."

"통계는 내가 그런 경우를 당하게 된다는 설명은 하지 않았다!"

뤼시엔은 어깨를 추썩거리더니 화제를 돌렸다. 연극이나 영화를 보러 가거나 시내 구경을 나가자는 것이었다. 그러나 나는 집요하게 추궁했다.

"넌 내가 너의 아빠를 이해하지 못하거나 아빠의 수준에 이르지 못한다고 생각했잖니?"

"그래요, 열다섯 살 땐 물론 그렇게 생각했죠. 딸은 어렸을 땐 모두들 아빠를 사모한다고 하지 않아요."

"정확히 말해서 넌 어떻게 생각했었니?"

"엄마는 아빠에 대한 존경심이 부족하다고 생각했죠. 내겐 아빠가 초인적인 존재였으니까요."

"내가 아빠 일에 좀더 관심을 갖지 못했던 건 확실히 내가 잘못했던 거다. 넌 아빠가 그 때문에 날 원망하고 있었다고 생각하니?"

"그것 때문에요?"

"그것 때문이든 아니면 다른 일로든."

"내가 알기로는 그렇지 않았어요."

"아빠 엄마가 많이 싸웠니?"

"아뇨. 내 앞에선 안 싸우셨어요."

"하지만 1955년경에는 그랬었지. 콜레트는 기억하고 있던데……"

"언니는 엄마와 떨어지지 않고 늘 따라다녔으니까 기억하겠죠. 게다가 나보다 나이도 위였고."

"그렇다면 넌 아빠가 내 곁을 떠나려 하는 이유가 어디에 있다고 생각하니?"

"남자란 그 나이가 되면 인생을 재출발하려고 마음을 고쳐 먹을 때가 종종 있는 법이에요. 평생을 늘 새로운 인생이 될 거라고 상상하는 거죠."

뤼시엔에게서도 나는 정말이지 아무것도 끌어낼 수가 없었다.

그 애는 나에 대해 너무 좋지 않게 생각하기 때문에 차마 그 말을 입 밖에 낼 수가 없는 것일까?

3월 16일

"너는 내 얘기는 하지 않으려 하는구나 그 정도로 내 일을 나쁘게 생각하고 있는 거야?"

"엄만 무슨 소릴 그렇게 하세요?"

"내가 같은 소릴 자꾸 하는 건 사실이다. 하지만 엄마는 자신의 과거를 분명하게 보고 싶은 거야."

"엄마, 중요한 건 과거가 아니라 미래예요. 남자 친구라도 사귀든지, 아니면 직업을 가지면 어때요?"

"아니다. 난 녀의 아빠가 필요한 거야."

"아빤 다시 돌아올 걸요, 아마."

"넌 돌아오지 않으리라는 걸 잘 알고 있으면서 하는 소리지."

우리는 그런 식의 얘기를 열 번도 더 했다. 나는 뤼시엔마저 난처하고 지치게 만들었다. 내가 그 애를 궁지에까지 몰고 가면 그 애는 결국 화가 폭발해서 모조리 털어놓고 말지 않을까?

하지만 뤼시엔의 참을성에 나는 맥이 빠지고 말았다.

그들이 뤼시엔에게 편지로 내 경우를 설명하고, 어떻게든 나를 참고 견디라고 타일렀는지 누가 알랴?

아! 인생이란 정말로 매끄러운 것. 매사가 잘 나갈 때는, 인생은 맑은 샘에서 흘러 나온다. 그러다가도 한번 삐끗하면 그만인 것이다. 그렇게 되면 사람은 인생이 불투명함을 발견한다. 이 세상 누구에 대해서도 알 수 없게 된다.

자기 자신에 대해서도, 타인에 대해서도. 그들이 어떤 인간이며, 무엇을 생각하며 무슨 짓을 하고 있는지, 그리고 그들이 어떤 눈으로 자기를 보고 있는지를……

나는 뤼시엔에게 아빠를 어떻게 보고 있느냐고 물었다.

"아, 나요! 난 누구도 비판 같은 건 안 해요."

"아빠가 치사한 인간처럼 행동했다고는 생각하지 않니?"

"솔직히 말해서 그렇게는 생각 안 해요. 단지 아빠 그 여자에 대해서 어떤 환상을 가지고 있는 게 사실이에요. 아빠 순진한 분이지 치사한 인간은 아녜요."

"넌 아빠에게 날 희생시킬 권리가 있다고 생각하니?"

"그야 물론 엄마에겐 가혹한 일이죠. 하지만 그렇다고 아빠 자신을 희생시켜야 할 필요는 없잖아요? 나 같으면 누구를 위해서도 나 자신을 희생시키지 않으리라는 건 확실해요."

뤼시엔은 일종의 자기 자랑 비슷하게 그런 소리를 했다. 뤼시엔은 남에게 그런 것을 보이고 싶을 정도로 정말 그토록 드라이한 것일까? 나는 그것을 혼자서 생각해 본다. 그 애는 내가 처음에 생각했던 것보다는 자신이 없어 보였다. 이제 나는 그 애 자신에 대해 물어 보았다.

"뤼시엔, 난 네가 진정으로 얘기해 주길 바란다. 내겐 그게 필요해. 아빠가 내게 거짓말을 하도 많이 했기 때문에 그래. 너, 네가 미국으로 떠나온 게 나 때문이었니?"

"엄마는, 무슨 그런 생각을!"

"너의 아빠 꼭 그렇게 믿고 있단다. 그리고 그 때문에 나를 크게 원망하고 있어. 그리고 너에게 내가 약간은 부담스럽게 느껴졌으리라는 건 나도 알고 있다. 늘 그랬었지."

"그보다는 오히려 내가 가족과의 생활에 적응할 능력이 없었다고 말하는 편이 옳겠죠."

"넌 내가 곁에 있다는 게 참을 수 없었던 거야. 그러니까 내게서 해방

되기 위해 떠났던 것 아니니?"

"그렇게 너무 과장은 하지 말아요, 엄마. 엄마가 날 억누르지는 않았
어요. 그렇지 않아요. 난 다만 혼자 날개로 날 수 있는지를 시험해 보고
싶었던 것뿐이에요."

"날 수 있다는 걸 이젠 알았겠구나."

"그래요. 그럴 수 있다는 걸 알았죠."

"그래 행복하니?"

"행복이란 말은 엄마나 쓰는 말이죠. 내겐 그런 말은 아무 의미가 없
어요."

"그렇다면 넌 행복하지 않다는 얘기니?"

"내 인생은 다만 내 취미에 꼭 어울린다는 것뿐이에요."

일, 외출, 짧은 해후, 그런 생활은 내게 삭막하게만 느껴진다. 뤼시엔
의 —— 내게 대해서만이 아닌 —— 거친 언동, 참을성 없는 성급함은 무
엇인가 일이 제대로 잘 돌아가지 않고 있음을 드러내는 것 같다. 그것도
분명 내 탓일 것이다. 사랑을 거부하는 뤼시엔의 태도도.

그 애는 나의 센티멘털리즘에 진저리가 났던 것이다. 그래서 나를 닮
지 않으려고 스스로 노력을 해왔던 것이다.

뤼시엔의 언동에는 어딘가 경직되고 명랑하지 못한 분위기가 엿보
인다.

그 애는 내게 친구 몇 사람을 소개했는데 그들에 대한 그 애의 태도에
나는 깜짝 놀랐다. 시종 경계하는 듯한 냉랭하고 날카로운 태도였으며
웃음에도 즐거운 빛이라곤 없었다.

3월 20일

뤼시엔의 내면에는 순조롭지 못한 무엇이 있다. 나로 하여금 전율을 느끼게 하는 그 무엇이.

그것을 글로 표현하기는 좀 망설여지지만, 그러나 거기에 꼭 들어맞는 표현이 있다면 그것은 악의라는 말이다. 비판적이며 냉소적이며 신랄한……

나는 그 애를 늘 그렇게 보아 왔다. 그러나 그 애는 자기의 친구라고 부르는 사람들까지도 정말로 심술궂게 깎아 내리는 것이었다. 그 애는 그들에게 불쾌한 진실을 말해 주는 것이 기분 좋은 모양이었다. 그 애와 그들 사이의 관계는 실제로는 단순한 것이긴 했다. 뤼시엔은 내게 짐짓 사람들을 소개시키려고 애썼지만 보통 때는 매우 고독한 생활을 하고 있다. 악의라는 것, 그것은 하나의 방어일 뿐이다. 무엇에 대한 방어일까?

어쨌든 지금의 뤼시엔은 내가 파리에서 상상하던 강하고 넘치는 생기로 인해 명랑하고 균형이 잡힌 그런 딸은 아니었다. 그렇다면 나는 딸 둘에 대해 모두 실패한 셈일까? 아니 그럴 리는 없다.

나는 뤼시엔에게 다그쳐 물었다.

"너도 아빠처럼 콜레트가 어리석은 결혼을 했다고 생각하니?"

"아뇨, 언니는 당연히 그래야 할 결혼을 한 거죠. 언니는 연애밖에는 꿈꾸지 않았으니까요. 언니가 최초로 만난 남자에게 빠져 버린 건 언니로선 숙명적인 일인걸요."

"그 애가 그렇게 된 게 내 탓이었을까?" 뤼시엔은 웃었다. 늘 하는 그

즐겁지도 않은 웃음을.

"엄마는 항상 너무 지나친 책임감을 갖고 있다니까요."

나는 집요하게 물었다. 뤼시엔의 말에 의하면 유년기에 중요한 것은 그 아이의 정신 분석적인 상황이라는 것이었다. 부모가 모르는 사이에 그리고 부모의 뜻과는 거의 반대되는 상황이 존재하는 법이다. 의식되고 의도적인 교육은 완전히 이차적이라는 것이다. 그러니까 나의 책임은 전혀 없다는 것이었다. 설득력이 박약한 위로였다. 나는 자신의 죄를 변호할 필요가 있게 되리라고는 생각하지 않는다. 내 딸들은 나의 자랑이었다.

나는 뤼시엔에게 또 물었다.

"넌 날 어떻게 생각하니?"

뤼시엔은 놀라운 눈으로 나를 바라보았다.

"말하자면 날 어떻게 묘사할 수 있겠느냐 말야?"

"엄마는 아주 프랑스적이에요. 여기서 말하는 '소프트' 한 여자지요. 굉장한 이상주의자이고, 엄마에게 결점이 단 하나 있다면 그건 자기 방어를 못한다는 점이에요."

"단 하나의 결점이란 그거냐?"

"물론이죠. 그 밖에 엄마는 생기가 넘치고 명랑하고 매력적인걸요."

뤼시엔의 묘사는 차라리 너무 간략한 느낌이었다. 나는 그 말을 되뇌었다.

"생기가 넘치고 명랑하고 매력적이라……"

뤼시엔은 어색한 듯 "엄마 자신은 어떻게 생각하세요?"라고 물었다.

"마치 늪같이 모든 게 수렁 속으로 빨려 들어가는 것만 같다."

"엄마는 거기서 다시 자신을 찾게 될 거예요."

아니, 어쩌면 그것이 최악의 것인지도 모른다. 이제야 비로소 사실상 내가 나 자신을 어떻게 평가해 왔는지를 깨닫는다. 하지만 내가 그 평가를 정당화하려던 모든 언어들을 모리스가 철저하게 무의미한 것으로 망쳐 버렸다.

그는 내가 나 자신이나 타인을 판단하는 데 사용하는 기준 그 자체를 부정한 것이다. 나는 그 기준을 스스로 확인해 볼 생각 —— 즉 나 자신에게 이의를 제기해 볼 생각 —— 은 꿈에도 해본 일이 없다. 그런데 지금 와서 나는 자문해 보는 것이다. 도대체 나는 무슨 명분으로 사교 생활보다는 내면적 생활을, 경박성보다는 사려를, 야심보다는 헌신을 택하는 것일까?

나는 내 주위에 행복을 창조해 내려는 생각 이외의 다른 것은 모르고 살아 왔다.

그러나 모리스를 행복하게 해주지 못했으며, 딸들 역시 행복하지 못하다. 그렇다면?

나는 이젠 아무것도 모르겠다. 내가 어떤 인간인지도 모를 뿐더러 어떤 인간이 되어야 할는지도 모른다.

흑백이 서로 혼돈되어 세계는 뒤죽박죽이 되고 말았다. 내게는 이젠 윤곽조차 보이지 않는다. 아무것도 믿지 못하고, 심지어는 나 자신까지도 믿지 못하고서야 어떻게 살아갈 수가 있단 말인가?

뤼시엔은 내가 뉴욕에 별 흥미를 느끼지 않는 데 대해 분개하고 있다. 지난날의 나는 내 껍질 밖으로는 좀체로 나가지를 않았지만 일단 나가기만 하면 매사에 흥미를 느꼈었다. 풍경이라든가, 사람들, 미술관, 거

202

리 —— 그 모두에.

　지금의 나는 죽은 사람이나 다름없다. 앞으로 얼마나 더 목숨을 부지
할 수가 있을까? 벌써 단 하루 동안에도 아침에 눈을 뜨면 그날 하루를
끝까지 지탱할 수 없을 것 같은 느낌이 든다. 어제는 목욕탕 안에서 팔
하나 드는 것도 거추장스러웠다. 왜 팔을 들어야만 하는가? 발은 왜 내
디뎌야만 되는가?

　혼자 있을 때는 나는 보도 끝에 몇 분이고 꼼짝 않고 서 있다. 완전히
마비된 사람처럼.

3월 23일

　내일 나는 파리로 출발한다. 내 주위의 밤은 여전히 캄캄하다. 모리스
가 오를리 공항에 나오지 않도록 나는 전보를 쳤다. 그와 얼굴을 마주칠
용기가 없다.

　그는 이미 집에서 나갔을 것이다. 나는 집으로 돌아간다. 그리고 그때
는 그가 이미 집을 나가 버린 뒤일 것이다.

3월 24일

　파리다. 콜레트와 장 피에르가 나를 마중나왔다. 나는 그들의 집에서
저녁을 먹었다. 그들이 나를 여기까지 데려다 준 것이다.

창은 어두웠다. 창은 앞으로도 어두울 것이다. 우리는 계단을 올라갔다. 그들은 내 가방을 거실에 내려놓았다.

콜레트가 자고 가겠다는 것을 나는 거절했다. 나는 이런 생활에 습관처럼 익숙해져야 한다.

나는 책상 앞에 앉았다. 내가 여기에 앉아 있는 것이다. 그리고 두 개의 문을 바라본다. 모리스의 서재와 우리들의 침실 문을. 문은 닫혀져 있다. 그 문 뒤에서 무엇인가가 엿보고 있다.

내가 움직이지 않으면 그 문은 열리지 않을 것이다. 움직이지 않는다. 절대로. 시간과 생명을 정지시킨다.

그러나 나는 알고 있다. 내가 움직이리라는 것을. 그러면 문은 천천히 열릴 것이며, 나는 그 문 뒤에 있는 것을 보게 될 것이다. 그것은 미래이다. 미래의 문이 열리려 하고 있다. 서서히, 가차없이. 나는 지금 문지방에 서 있다. 내 앞에는 이 문과 그 뒤에서 엿보고 있는 것 이외에는 아무것도 없다. 나는 두렵다. 그러나 누구에게도 구원을 청할 수는 없다. 나는 두렵다.

작품 해설

이 책은 1967년 발행 갈리마르판 보부아르의 *La Femme rompue*를 완역한 것이다.

《위기의 여자》라는 제목을 붙였으나 원제를 직역하면 〈꺾인 여자〉 또는 〈지쳐 버린 여자〉가 되며 〈좌절한 여자〉라는 뜻이다.

보부아르의 많은 소설 중에서 굳이 이 작품을 번역한 것은 읽기에 부담 없는 중편인 데다 그 내용이 한국 사회에서도 흔히 볼 수 있는 중년 부부의 삼각관계를 소재로 하여 남편, 아내, 남편의 애인 사이에 펼쳐지는 애정의 미묘한 갈등을 다룬 소설이기 때문이다.

애인이 생겼다는 남편의 고백에 충격을 받고 질투와 절망의 나락으로 빠져드는 여주인공 모니크, 두 여자의 틈바귀에서 양심의 가책과 사랑의 갈등으로 번민하면서 이러지도 저러지도 못하는 남편 모리스, 남편을 사로잡은 육감적이며 지적인 여변호사 노엘리. 도움이 되려 하나 사태 해결엔 아무런 도움도 줄 수 없는, 결국 제3자일 수밖에 없는 자녀들과 친구들, 그리고 마침내는 별거 생활로 들어가는 과정 등―― 이 모든 것들이 얄미울 정도의 리얼리티를 풍기면서 묘사되고 있다.

원래 삼각관계와 같은 통속적인 소재는 이를 다루는 작가와 이를 읽는 독자에 따라 그 의도와 반응이 다를 수 있다.

그런 시각에서 본다면 보부아르의 이 작품에서는 적어도 두 가지 특이성을 찾을 수 있을 것 같다. 하나는 작가가 추구했던 주제이며, 또 하나는 이를 다룬 문체와 표현 형식이다.

주제에 있어서 보부아르는 애인이라는 타자(他者)의 침입을 계기로 부부의 애정 모럴과 기존 결혼 제도에 있어서의 여성의 종속성에 대해 되묻고 있으며, 여성의 자각을 깨우치려 했다. 그리고 그 과정 속에서 그때까지 모르고 지내온 자아를 재발견하고 인간의 실존의식에 점차 눈을 떠가면서 정신적 위기를 극복하려는 한 중년 여성의 몸부림을 표현했다.

그것은 또한 자타가 인정하는 현모양처로 남편의 사랑을 한 번도 의심하지 않고 살아 온 한 중년 여성의 오뇌로 얼룩진 좌절의 기록이며, 아내라는 전통적인 여성의 행복을 향한 끊임없는 열망과 자기 존재를 송두리째 흔들어 버린 남편의 애인과 남편 사이에서 스스로를 구원하는 길은 자기 자신밖에는 아무도 없다는 것을 깨닫기에 이르는 가식 없는 영혼의 고백이기도 하다.

문체에 있어서는 보부아르가 즐겨 쓰는 직접 대화를 주로 한 일인칭 일기체 형식이 사용되고 있으며, 원숙기에 접어든 60 나이에 쓴 작품답게 작중 인물들의 심리적 뉘앙스를 쉽고 섬세한 표현으로 부각시킴으로써 실존주의 문학에 흔히 풍기기 쉬운 형이상학적인 냄새를 중화하고 있다.

작가 시몬 드 보부아르(Simone de Beauvoir)로 말하면 우리나라에서도 많이 알려진 프랑스의 여류작가다.

206

그녀는 1908년 파리의 유복한 상류 가정에서 태어났으나 가운이 기울어지는 바람에 불우한 청춘기를 보냈다. 숱한 인재를 배출한 명문 학교인 고등사범학교를 거쳐 소르본 대학에서 21세에 철학 교수 자격 시험에 차석(수석은 사르트르)으로 합격했다. 유명한 실존주의 철학자이자 문학가인 장 폴 사르트르와 동지이자, 반려자로서의 생활은 이때부터 시작된다.

마르세유, 루앙, 파리의 고등 여학교에서 철학 교사를 하다가 35세에 발표한 처녀작《초대받은 여자》(L'Invitée)(1943)의 출판을 계기로 교직에서 물러난 이후 사회 참여의 실존주의 문학가로서 소설, 희곡, 평론 분야에 걸쳐 많은 문제 작품을 발표하는 다채로운 창작 활동을 해왔다. 그녀는 남녀를 가정에 얽매이게 하는 인습적인 결혼보다 남녀가 개인으로서의 인간적 충실을 기할 수 있는 자유롭고 평등한 애정의 결합 관계를 주장하고, 그 독특한 결혼관을 평생의 반려자였던 사르트르와의 관계에서 실천한 여권 신장론자로도 유명하다.

보부아르를 일약 유명 작가로 만든 최초의 소설《초대받은 여자》는 배우 겸 연출가인 피에르와 그 애인인 극작가 프랑수아즈 사이에 제3자로서 초대받은 여자로 끼어든 자유롭고 야성적인 소녀 그자비에르와의 삼각관계를 다루면서 실존주의에서 말하는 타자의 문제를 프랑수아즈와 그자비에르와의 대립에서 극한 상황까지 추구한 작품이다.

이 소설은 대화 형식에다 삼각관계를 설정한 점에서는《위기의 여자》와 공통점이 있다고 할 수 있다. 그러나 프랑수아즈가 그자비에르의 의식으로부터의 자유를 위해 그자비에르를 죽이는 것으로 끝이 나는 이 소설은 자립을 갈구하는 마음과 자기 자신에 대한 타자의 침범을 사르트르가 말하는 '지옥은 타인'이라는 실존주의의 명제대로 충실히 추구한 점에서 《위기의 여자》보다는 형이상학적인 냄새가 짙은 철학 소설로 평가되고 있다.

이어서 발표된 《타인의 피》(*Le Sang des autres*)(1944)와 《인간은 모두 죽는다》(*Tous les hommes sont mortels*)(1947) 등 두 개의 소설은 첫 작품 《초대받은 여자》와는 달리 보부아르의 체험을 바탕으로 하지 않고 철학적 지향을 더욱 짙게 풍긴다. 《타인의 피》는 독일 점령하의 레지스탕스 투쟁을 배경으로 하여 정치 행동 때문에 사랑하는 여인을 죽게 한 도덕적 책임에 고민하면서 결국 레지스탕스의 사명을 택하는 주인공의 고뇌의 과정을 그리고 있다.

또 《인간은 모두 죽는다》는 철학적 비유의 형식을 빌려 불사성(不死性)을 획득한 주인공이 빠지게 되는 허무주의를 부각시키면서 모든 인간에게 단 한 번밖에 허용되지 않는 인생의 비극적인 본질에 대한 조명과 불로장수의 꿈에 대한 풍자를 시도하고 있다.

보부아르의 소설 중에서 빼놓을 수 없는 것은 1954년 공쿠르상을 그녀에게 안긴 장편소설 《레 망다랭》(*Les Mandarins*)이다. 이 작품은 전후 프랑스 지식인, 즉 좌익적 작가를 등장시켜 사회 참여 문제를 놓고 방황하고 갈등하는 그들의 괴로운 정신 상황을 묘사한 소설이다.

이 소설에서 보부아르는, 지식인은 정치 행동과 무관하게 있어도 되는가, 아니면 문학을 버리고 정치 행동에 투신해야 하는가, 그럴 경우 그는 지식인이라고 할 수 있는가, 또는 진실에 성실해야 하는 작가로서 소련에 강제 수용소가 존재한다는 사실을 써야 하는가, 좌익 지식인으로서 우익을 이롭게 하는 그런 행위를 할 수 있는가 등 전후 프랑스 좌익 지식인이 직면했던 여러 문제를 제기한다.

보부아르는 이러한 여러 문제에 대한 직접적인 해답 대신 철학자로서 또는 모랄리스트로서 인생에 대한 태도를 분명히 하는 행동을 통해 답변을 제시한다. 이 작품 속에서 주인공 중 한 사람은 정치적 행동을 선택하지만, 정치 정세의 변화 때문에 환멸에 빠진다. 또 다른 한 사람은 정치적으로 어떻게 되든 자기가 사랑하는 여자를 살려야 한다는 도덕적 양심을 좇아 정치적 배신까지 한다. 두 사람은 모두 지식인으로서의 양심이 명하는 사명에 나름대로 충실하려 했지만 그 결과는 다같이 지식인의 사회 참여에는 한계가 있다는 경험을 절감하기에 이른다.

말하자면 이 소설은 좌익 지식인이 '혁명'과 '진실'의 두 가지 일에 충실할 수 있는가 하는 물음에 일종의 부정적인 답변을 제시한 셈이 되었다.

어쨌든 이 작품은 양심과 사상의 갈등에서 번민하는 전후 프랑스의 지적 풍토를 로마네스크로 승화시킨 보부아르의 최대 걸작으로 평가되고 있다.

특히 소설 속에 등장하는 노작가인 뒤브류는 사르트르, 젊은 작가이자 저널리스트인 페롱은 카뮈, 뒤브류의 아내 앙느는 보부아르 자신과 닮은 이미지를 지녔다고 해서 더욱 화제가 되었으며, 문체에 있어서도 삼인칭으로 쓰여진 부분과 앙느의 고백이라는 일인칭으로 쓰여진 부분을 엇갈리게 구사한 특이한 작품이다.

보부아르는 평론 분야에서도 많은 문제작을 발표했다. 《피루스와 시네아스》(*Pyrrhus et Cinéas*)(1944)와 《다양성의 윤리를 위해》(*Pour une morale de l'ambiguïté*)(1947) 등은 전후 혼란기에 인간의 절대적인 자유와 책임을 강조하고 문학은 타인의 마음속에 있는 자유를 환기시켜 인간으로 하여금 본래의 모습으로 회귀하게 하는 각성을 호소하는 것이어야 한다고 주장했다.

평론 중에서도 많은 반향을 일으킨 것은 여성 문제를 다룬《제 2의 성》(Le Deuxième Sexe) (1949)과 노인 문제를 다룬《노년》(La Vieillesse) (1970) 이다. 보부아르의 독특한 결혼관, 연애관, 여성관이 담긴《제 2의 성》은 소위 여성 해방 운동의 선구적 고전으로 알려진 문제 평론이다.

보부아르는 실존주의의 관점에서 성과학, 정신 분석학, 사적 유물론의 성과와 고금의 문학 작품을 종횡으로 구사하면서 여성이 어떻게 해서 남성이 지배하는 사회에서 종속적 객체로 전락하게 됐는가를 해명하고 여성의 주체성 회복을 통한 여성 해방을 주장했다.

《제 2의 성》에서 "여성을 여자로 규정하는 것은 자연이 아니라 여성 자신이 그 감정 속에서 여자임을 감수함으로써 자신을 여자로 규정하는 것이다…… 여성은 여자로 태어나는 것이 아니라 여자가 되는 것이다" 라고 한 보부아르의 말은 여성의 주체적 자각을 촉구한 구절로 너무도 유명하다.

사르트르와의 결합에서 이《제 2의 성》을 실천한 그녀는 또 "여성 속에 남성과 동등한 하나의 인간적 존재를 인정함으로써 남성의 생활 경험은 조금도 빈약해지지 않는다. 남성과 여성이 자유롭고 평등한 상호 관계에서 결합할 때 생리적인 성애도 남녀의 생활을 충실하게 하는 애정 행위로 승화된다" 라고 말하면서 남성에 대한 여성의 평등과 자유를 설파했다.

그리고《노년》은 60고개를 넘은 보부아르 자신의 경험을 토대로 사람이 누구나 거쳐야 하는 인생의 최종 단계를 어떻게 살아야 하는가에 대해 철학적으로 다각적인 규명을 함으로써 사회의 공범적 침묵 속에서 무시되어 온 노인 문제에 새로운 관심을 환기시킨 평론이다.

그 밖에도 회상록적인 작품으로서 《나의 처녀 시절》(*Mémoires d'une jeune fille rangée*)(1958~1972), 《젊음의 힘》(*La Force de l'âge*)(1960년), 《사물의 힘》(*La Force de choses*)(1963), 《결산의 시기》(*Tout compte fait*)(1972), 《이별의 의식》(*La Cérémonie des Adieux*)(1981) 등이 있다.

《나의 처녀 시절》과 《젊음의 힘》은 작가로 성장하는 처녀 보부아르의 자기 형성의 발자취를 생생하게 재현한 것이다. 《사물의 힘》에서는 유명 작가가 된 이후의 활동에 대한 서술과 함께 알제리 독립 전쟁을 지원했기 때문에 받아야 했던 사회적 적의와 어쩔 수 없는 노년의 도래 등 소위 '사물의 힘'을 극복하려는 보부아르의 노력이 기술되어 있다.

또 《결산의 시기》는 보부아르가 한 여성으로서 내적인 요청에 충실하게 살아온 자신의 인생 기록을 그린 것이고, 《이별의 의식》은 1980년에 세상을 떠난 사르트르의 마지막 10년 간을 회고하고 있어 프랑스의 전후 지적 풍토와 평생의 반려자였던 사르트르를 이해하는 데 귀중한 문헌을 제공하고 있다.

그리고 노년기의 작품 중에는 한 권에 〈위기의 여자〉와 함께 수록된 단편소설 〈분별 있는 연령〉(*L'âge de discrétion*)(1967)이 있다.

이 작품은 분별 있는 연령이라고 할 초로의 지식인 부부가 사랑하는 외아들과 벌어져 가는 균열 속에서 맛보는 실망, 젊은 세대의 현실적인 실리주의적 사고방식에 따라가지 못하는 늙은 세대의 소외감, 결혼하자 어머니보다 아내의 영향을 더 많이 받는 아들의 변모에 대한 어머니의 배신감이 공감을 자아내는 필치로 묘사되고 있다. 물론 이 작품에서도 연로한 부부가 어떻게 남은 여생을 살아야 하는가에 대한 시사가 담겨 있다.

현대의 모든 문제, 문학은 물론 정치, 사회, 예술 분야에 깊은 관심을 가지고 정력적인 창작 활동과 사회 참여를 해온 보부아르는 1989년 4월 14일 몽파르나스의 사르트르의 무덤 옆에 영원히 잠들었다.

이 해설이 보부아르 문학에 대한 더 깊은 이해를 위해 하나의 길잡이가 되었으면 하는 것이 역자의 바람이다.

끝으로 이 책의 출판에 여러 가지 배려를 아끼지 않으셨던 문예출판사 전병석 사장님께 감사 드린다.

손장순

옮긴이 **손장순**

서울대학교 불어불문학과를 졸업하고 서울대학교 강사, 한양대학교 불어불문과
교수를 역임했다. 《대화》, 《불타는 빙벽》, 《도시일기》 등의 창작집과 《어릿광대
여, 나팔을》, 《나의 꿈 센티멘탈 져니》 등의 수필집, 《한국인》, 《여각하》, 《꿈꾸
는 목신》, 《춤추는 인형》, 《심씨일가의 사람들》, 《행복한 여자》, 《공지》, 《세화의
성》 등의 장편소설이 있다. 역서로는 알퐁스 도데 《마지막 수업》, 콜레트 《지지》,
《청맥》 등이 있다.

위기의 여자

1판 1쇄 발행 2008년 4월 20일
3판 1쇄 발행 2025년 5월 23일

지은이 시몬 드 보부아르 │ **옮긴이** 손장순
펴낸곳 (주)문예출판사 │ **펴낸이** 전준배
출판등록 2004. 02. 11. 제 2013-000357호 (1966. 12. 2. 제 1-134호)
주소 04001 서울시 마포구 월드컵북로 21
전화 02-393-5681 │ **팩스** 02-393-5685
홈페이지 www.moonye.com │ **블로그** blog.naver.com/imoonye
페이스북 www.facebook.com/moonyepublishing │ **이메일** info@moonye.com

ISBN 978-89-310-2495-1 04800
ISBN 978-89-310-2365-7 (세트)

• 잘못 만든 책은 구입하신 서점에서 바꿔드립니다.

♣문예출판사® 상표등록 제 40-0833187호, 제 41-0200044호

■ 문예세계문학선

★ 서울대, 연세대, 고려대 필독 권장 도서   ▲ 미국대학위원회 추천 도서
● 《타임》 선정 현대 100대 영문 소설   ▽ 《뉴스위크》 선정 세계 100대 명저

(뒷면 계속)